Auteur inconnu

Catalogue des livres de fonds

Anatomie, physiologie, science physique et naturelles, pathologie médicale, pathologie chirurgicale, art vétérinaire

AF130250

Anatiposi

Auteur inconnu

Catalogue des livres de fonds

Anatomie, physiologie, science physique et naturelles, pathologie médicale, pathologie chirurgicale, art vétérinaire

Réimpression inchangée de l'édition originale de 1860.

1ère édition 2023 | ISBN: 978-3-38270-158-1

Anatiposi Verlag est une marque de Outlook Verlagsgesellschaft mbH.

Verlag (Éditeur): Outlook Verlag GmbH, Zeilweg 44, 60439 Frankfurt, Deutschland
Vertretungsberechtigt (Représentant autorisé): E. Roepke, Zeilweg 44, 60439 Frankfurt, Deutschland
Druck (Imprimerie): Books on Demand GmbH, In de Tarpen 42, 22848 Norderstedt, Deutschland

LIBRAIRIE GERMER BAILLIÈRE.

CATALOGUE

DES

LIVRES DE FONDS

ANATOMIE, PHYSIOLOGIE,
SCIENCES PHYSIQUES ET NATURELLES, PATHOLOGIE MÉDICALE,
PATHOLOGIE CHIRURGICALE, ART VÉTÉRINAIRE.

NOVEMBRE 1860.

PARIS

RUE DE L'ÉCOLE-DE-MÉDECINE, 17.

LONDRES, | NEW-YORK,
H. BAILLIÈRE, 219, Regent-Street. | BAILLIÈRE BROTHERS, 440, Broadway.

MADRID, C. BAILLY-BAILLIÈRE, CALLE DEL PRINCIPE, 11.

SANDRAS ET BOURGUIGNON. *Traité pratique des maladies nerveuses.* 1861, 2ᵉ édition entièrement refondue. 2ᵉ volume.

FOY. *Mémorial de thérapeutique* à l'usage des médecins praticiens, contenant la médecine, la chirurgie et les accouchements. 1 fort vol. in-8.

VELPEAU ET BÉRAUD. *Manuel d'anatomie topographique chirurgicale.* 1 fort vol. in-18.

MAIGAIGNE. *Manuel de médecine opératoire,* fondée sur l'anatomie normale et l'anatomie pathologique. 7ᵉ édition, corrigée et augmentée.

CASPER. *Traité pratique de médecine légale,* rédigé d'après des observations personnelles, par Jean-Louis CASPER, professeur de médecine légale de la Faculté de médecine de Berlin ; traduit de l'allemand sous les yeux de l'auteur, par M. Gustave Baillière. 2 vol. in-8.

BOUCHARDAT. *Formulaire vétérinaire,* contenant le mode d'action, l'emploi et les doses des médicaments simples et composés prescrits aux animaux domestiques par les médecins vétérinaires français et étrangers. 1 vol. in-18. 2ᵉ édition, augmentée et corrigée.

DELAFOND ET BOURGUIGNON. *Pathologie et entomologie comparées de la psore des animaux domestiques et de l'homme* (ouvrage couronné par l'Institut). 1 fort vol. in-4, avec fig.

BRIERRE DE BOISMONT. *Des hallucinations,* ou Histoire raisonnée des apparitions, des visions, des songes, de l'extase, du magnétisme et du somnambulisme. 1 vol. in-8, 3ᵉ édition, entièrement refondue.

BÉRAUD (B. J.). *Atlas d'anatomie chirurgicale,* avec texte explicatif. Cet atlas, composé de 100 planches in-8, dessinées d'après nature par M. Bion, doit servir de complément à tous les traités d'anatomie chirurgicale. 1 fort vol. in-8.

MAUNOURY ET SALMON. *Manuel de l'art des accouchements,* précédé d'une description abrégée des fonctions et des organes du corps humain, et suivi d'un exposé sommaire des opérations de petite chirurgie les plus usitées, à l'usage des élèves sages-femmes qui suivent les cours départementaux. 1861, 2ᵉ édition, corrigée et augmentée. 1 vol. in-8, avec 52 figures.

Paris. — Imprimerie de L. MARTINET, rue Mignon, 2.

BIBLIOTHÈQUE DE L'ÉTUDIANT EN MÉDECINE.

COLLECTION DE RÉSUMÉS POUR LA PRÉPARATION AUX EXAMENS DU DOCTORAT
EN MÉDECINE, DU GRADE D'OFFICIER DE SANTÉ,
ET AUX CONCOURS D'ÉLÈVES EXTERNES ET INTERNES DES HÔPITAUX.

PREMIER EXAMEN.

Nouveau Traité élémentaire d'anatomie descriptive et de **préparations anatomiques**, par M. le docteur JAMAIN, chirurgien des hôpitaux de Paris, etc., suivi d'un Précis d'embryologie, par M. VERNEUIL, agrégé de la Faculté de médecine de Paris, chirurgien des hôpitaux, etc. 2e édition, 1 vol. grand in-18 avec 200 figures dans le texte, 1861. 12 fr.

Manuel de physiologie de l'homme et des principaux vertébrés, répondant à toutes les questions physiologiques du programme des examens de fin d'année, par M. BE-

RAUD, chirurgien des hôpitaux, avec des notes par M. CH. ROBIN, agrégé de la Faculté de médecine de Paris 1856-57, 2e édit., 2 vol. gr. in-18. 12 fr.

Manuel d'anatomie générale, histologie et organogénie de l'homme, ouvrage contenant un résumé de tous les travaux faits en France, en Allemagne et en Angleterre, sur la structure, les propriétés, les analyses chimiques, l'examen microscopique, et le développement des liquides et des solides, par M. le docteur MARCHESSAUX. 1844. 1 vol. grand in-18 de 420 pag. 3 fr. 50 c.

DEUXIÈME ET CINQUIÈME EXAMENS.

Manuel pratique de percussion et d'auscultation, par M. le docteur ANDRY, ancien chef de clinique médicale de la Charité, 1843, 1 vol. grand in-18. 3 fr. 50 c.

Manuel de petite chirurgie, contenant les pansements, les bandages, les appareils de fractures, les pessaires, les bandages herniaires, les ponctions, la vaccination, les incisions, la saignée, les ventouses, le cathétérisme, l'extraction des dents, les agents anesthésiques, etc., par M. le docteur JAMAIN 5e édition refondue. 1860. 1 vol. gr. in-18, avec 307 figures. 7 fr.

Manuel d'anatomie chirurgicale, générale et topographique, par M. VELPEAU, professeur de clinique chirurgicale à la Faculté de médecine de Paris, et M. Béraud, chirurgien des hôpitaux, etc. 1861. 1 vol. in-18 de 622 pag. (Sous presse.) 6 fr.

Manuel de pathologie et de clinique chirurgicales, par M. le docteur JAMAIN, chirurgien des hôpitaux de Paris, 1859. 2 forts vol. gr. in-18. 14 fr.

Manuel de médecine opératoire, fondée sur l'anatomie normale et l'anatomie pathologique, par M. le professeur MALGAIGNE. 1861 7e édit. 1 vol. gr. in-18. 7 fr.

Manuel de pathologie et de clinique médicales, par M. le docteur TARDIEU, agrégé de la Faculté de médecine de Paris, médecin des hôpitaux de Paris. 1857. 1 fort vol. grand in-18., 2e édit, 7 fr.

Manuel d'anatomie pathologique générale et appliquée, contenant la description et le catalogue du Musée Dupuytren, par M. le docteur HOUEL, agrégé de la Faculté de médecine, conservateur dudit musée. 1857, 1 vol. gr. in-18, 7 fr.

TROISIÈME EXAMEN.

Physique, avec ses principales applications. 1 vol. grand in-18 avec 230 fig. intercalées dans le texte. 3e édit., 1851. 4 fr. 50 c.

Histoire naturelle, contenant la zoologie, la botanique, la minéralogie et la géologie. 2 vol. grand in-18, avec 508 fig. intercalées dans le texte. 1844. 7 fr.

Ces deux ouvrages sont faits par M. le professeur BOUCHARDAT.

Atlas de botanique, composé de 24 planches représentant 56 plantes, pour servir de complément à l'histoire naturelle de M. Bouchardat. fig. n. 2 fr. 50; fig. col. 5 fr.

QUATRIÈME EXAMEN.

Manuel pratique de médecine légale, par M. le docteur HARAND, médecin-expert près les tribunaux de Paris. 1844. 1 vol grand in-18 3 fr. 50 c.

Manuel d'hygiène publique et privée, par M. le docteur FOY, pharmacien en chef de l'hôpital Saint-Louis. 1845. 1 vol. grand in-18. 4 fr. 50 c.

Manuel de pharmacie et Art de formuler, contenant 1o les principes élémentaires de pharmacie; 2o des tableaux synoptiques: a, des substances médicamenteuses tirées des trois règnes, avec leurs doses et leurs modes d'administra-

tion; b, des eaux minérales employées en médecine; c, des substances incompatibles; 3o les indications pratiques nécessaires pour composer de bonnes formules; suivi d'un Formulaire de toutes les préparations iodées publiées jusqu'à ce jour, par M. DESCHAMPS (d'Avallon), pharmacien de la maison impériale de Charenton. 1856. 1 vol. gr. in-18, 19 fig. 6 fr.

Manuel de matière médicale, de thérapeutique et de pharmacie, par M. BOUCHARDAT, professeur d'hygiène à la Faculté de médecine de Paris. 1856-57, 2 vol. grand in-18. 14 fr.

CINQUIÈME EXAMEN.

Manuel des accouchements et des maladies des femmes grosses et accouchées, contenant les soins à donner aux nouveau-nés, par M. le docteur JACQUE-

MIER. 1846. 2 vol. grand in-18 de 1,320 p., avec 45 fig. intercalées dans le texte. 9 fr.

(Pour la clinique médicale et chirurgicale, voir les Manuels du deuxième Examen.)

DICTIONNAIRE

DES

DICTIONNAIRES DE MÉDECINE

FRANÇAIS ET ÉTRANGERS,

OU

TRAITÉ COMPLET DE MÉDECINE
ET DE CHIRURGIE PRATIQUES, DE THÉRAPEUTIQUE, DE MATIÈRE MÉDICALE,
DE TOXICOLOGIE ET DE MÉDECINE LÉGALE, ETC., ETC.,

CONTENANT

L'ANALYSE DES MEILLEURS ARTICLES QUI ONT PARU JUSQU'A CE JOUR
DANS LES DIFFÉRENTS DICTIONNAIRES
ET LES TRAITÉS SPÉCIAUX LES PLUS IMPORTANTS ;

Ouvrage destiné à remplacer tous les autres Dictionnaires et Traités
de Médecine et de Chirurgie, etc.,

Par une Société de médecins,

SOUS LA DIRECTION DE M. LE DOCTEUR FABRE,

Rédacteur en chef de la GAZETTE DES HÔPITAUX.

1850 - 1851. — 9 forts volumes in-8 imprimés sur deux colonnes, y compris
un VOLUME SUPPLÉMENTAIRE rédigé en 1851. — Prix : 45 fr.

AVIS DE L'ÉDITEUR.

Tous les exemplaires portant le millésime de 1850 ne sont pas seulement
modifiés dans la couverture et le titre ; *cinquante-trois articles* importants,
disséminés dans les huit volumes, et formant un total de 440 pages, ont été ou
refaits en entier, ou remaniés, ou augmentés, afin d'être mis au courant de la
science. Tels sont :

TOME I.

Absorption, Accouchements, Aliments, Apoplexie, Avortement provoqué, Auscultation, Bassin, Bec-de-lièvre.

TOME II.

Bile, Biliaires (voies), Bilieuse (fièvre), Cal, Cancer, Choléra, Chorée.

TOME III.

Coude, Delirium tremens, Embaumement.

TOME IV.

Face, Foie, Fracture, Gangrène, Gastrique (embarras), Hémorrhoïdes, Hernie (anus contre nature).

TOME V.

Incision, Iris, Mâchoire (luxation de la), Magnésie, Main, Manganèse, Méningite tuberculeuse, Méphitisme.

TOME VI.

Œil, Os, Ostéite, Pelvimètre, Pharynx Prostate, Pupille artificielle, Ramollissement cérébral, Rate.

TOME VII.

Rectum, Scrofules, Sinus, Tendons, Thyroïde corps) et Crétinisme, Tibia, Tibiales (ligature des artères).

TOME VIII.

Trone, Varices, Vessie (fistules vésico-vaginales).

Plusieurs articles indispensables manquaient à ce *Dictionnaire* : pour le
compléter et pour le tenir au niveau du progrès médical, nous nous sommes
décidé à publier, sous la direction de M. A. TARDIEU, UN VOLUME SUPPLÉ-
MENTAIRE.

SUPPLÉMENT AU DICTIONNAIRE

DES

DICTIONNAIRES DE MÉDECINE

RÉDIGÉ

PAR UNE SOCIÉTÉ DE PROFESSEURS ET D'AGRÉGÉS
DE LA FACULTÉ DE MÉDECINE, DE MÉDECINS, DE CHIRURGIENS,
DE PHARMACIENS EN CHEF ET D'ANCIENS
INTERNES DES HÔPITAUX DE PARIS;

SOUS LA DIRECTION

DE M. AMB. TARDIEU,

Agrégé de la Faculté de médecine de Paris, médecin des hôpitaux, etc.

1851. 1 vol, in-8 de 944 pag. — Se vend séparément,   9 fr.

Noms des Auteurs et des Articles de ce Supplément.

LIVRES DE FONDS ET EN NOMBRE.

On peut se procurer tous les ouvrages qui se trouvent dans ce Catalogue par l'intermédiaire des libraires de France et de l'étranger.

On peut également les recevoir FRANCO, par la poste, sans augmentation des prix désignés, en joignant à la demande des TIMBRES-POSTE ou un MANDAT SUR PARIS.

ABEILLE. *Études cliniques sur la paraplégie indépendante de la myélite,* son histoire, son traitement. 1854, 1 vol. in18.   1 fr. 50

ADET DE ROSEVILLE. *Hydrothérapie.* 1851, in 8.   75 c.

AJASSON DE GRANDSAGNE et FOUCHÉ. *Manuel complet de physique et de météorologie.* 1835, 1 vol. in-18, orné de 6 planches représentant près de 300 figures, 2ᵉ édition, revue et augmentée.   3 fr.

ALARD. *Du siége et de la nature des maladies,* ou nouvelles Considérations touchant la véritable action du système absorbant dans les phénomènes de l'économie animale. 1821, 2 vol. in-8.   7 fr.

ALQUIÉ. *Doctrine médicale de Montpellier,* ou Principes de cette École, 4ᵉ édition. 1850, 1 vol. in 8.   7 fr.

AMUSSAT. *Leçons sur les rétentions d'urine causées par les rétrécisse-ments de l'urèthre,* et sur les maladies de la glande prostate, publiées par le docteur Petit, de l'île de Ré. 1832, 1 vol. in 8, fig.   4 fr. 50

AMUSSAT. *Mémoire sur la destruction des hémorrhoïdes internes* par la cautérisation circulaire de leur pédicule avec le caustique Filhos. 1846, in 8. 2 fr. 50

AMUSSAT. *Recherches sur l'introduction accidentelle de l'air dans les veines.* 1839, in 8.   5 fr.

AMUSSAT. *Mémoire sur l'anatomie pathologique des tumeurs fibreuses de l'utérus* et sur la possibilité d'extirper ces tumeurs, lorsqu'elles sont encore contenues dans les parois de cet organe. 1842, in 8, br.   3 fr.

AMUSSAT. *Mémoire sur la rétroversion de la matrice dans l'état de gros-sesse.* 1843, in 8 br.   3 fr.

AMUSSAT. *Quelques réflexions sur la curabilité du cancer.* 1854, in-8. 1 fr.

AMUSSAT. *Mémoire sur la possibilité d'établir un anus artificiel dans la région lombaire,* sans pénétrer dans le péritoine. 1839, 1 vol. in-8.   5 fr.

— Deuxième mémoire, 1841, in-8, br.   3 fr.

—Troisième mémoire, 1843, in 8, br.   3 fr.

AMUSSAT. *Du spasme de l'urèthre,* et des obstacles véritables que l'on peut ren-contrer en introduisant des instruments dans ce canal. 1836, in-8.   1 fr.

AMUSSAT. *Observation sur une opération d'anus artificiel.* 1835, in 8. 1 fr.

AMUSSAT. *Observation sur une opération de vagin artificiel.* 1835, in 8.   1 fr.

AMUSSAT. *Recherches expérimentales* sur les blessures des artères et des veines. 1843. in 8.   1 fr.

AMUSSAT (Alph.). *De l'emploi de l'eau en chirurgie.* 1850, in-4.   2 fr.

AMUSSAT (Alph.). *De la cautérisation circulaire de la base des tumeurs hémorrhoïdales internes.* 1854, in 8, br. ⁣　　　　　　1 fr. 50

ANCELON. *Mémoire sur les fièvres typhoïdes* périodiquement développées par les émanations de l'étang de Lindre-Basse. 1847, in 8. 　　　1 fr. 50

ANDRAL. *Cours de pathologie interne,* professé à la Faculté de médecine de Paris; recueilli et publié par M. le docteur Amédée Latour, 2ᵉ édition refondue. 1848, 3 vol. in-8 de 2076 pages. 　　　　　　　　　18 fr. ·

ANDRY (Félix). *Manuel pratique de percussion et d'auscultation.* 1845, 1 vol. gr. in-18 de 536 pages. 　　　　　　　　3 fr. 50

ANDRY (Félix). *Recherches sur le cœur et le foie,* considérées aux points de vue littéraire, médico-historique, symbolique, etc. 1858, 1 vol. in-8. 　　4 fr.

ANGLADA. *Traité des eaux minérales* et des établissements thermaux des Pyrénées-Orientales. 1833, 2 vol. in 8. 　　　　　　　　6 fr.

ANNALES D'OCULISTIQUE. *Tables générales,* dressées par le docteur Warlomont, des tomes 1 à 30. 1838-1858, 1 vol. in-8. 　　　　　　10 fr.

ANNALES DE LA SOCIÉTÉ D'HYDROLOGIE MÉDICALE DE PARIS. *Comptes rendus des séances,* 1854 à 1860, 6 vol. in 8. 　　　　　　36 fr.

ARAN. *Manuel pratique des maladies du cœur et des gros vaisseaux.* 1842, 1 vol. in 18. 　　　　　　　　　　　3 fr. 50

ARCHAMBAULT. *Réflexions sur la trachéotomie* et la période extrême du croup et la dysphagie qui, dans certains cas, lui est consécutive. 1854, in-8. 1 fr. 25

ARDEVOL (Jaime). *Apuntes acerca la cardite intertropical, llamanda vulgarmente fiebre amarilla, y vomito negro de los espagnoles,* etc. 1853, 1 vol. in-8. 　　　　　　　　　　3 fr. 50

ARNAL. *Mémoire sur le traitement de quelques affections de la matrice* par l'emploi de l'extrait aqueux du seigle ergoté. 1843, in-8, br, 　　3 fr.

ARRÉAT. *Éléments de philosophie médicale,* ou théorie fondamentale de la science des faits médico-biologiques. 1858, 1 vol. in 8. 　　　7 fr. 50

ARRÉAT. *De l'homœopathie.* Simples réflexions propres à servir de réponse aux objections contre cette méthode de guérison. 1859, in-8. 　　　1 fr. 50

AUBER (Édouard). *Traité de la science médicale* (histoire et dogmes), comprenant : 1° un précis de méthodologie et de médecine préparatoire; 2° un résumé de l'histoire de la médecine, suivi de notices historiques et critiques sur les écoles de Cos, d'Alexandrie, de Salerne, de Paris, de Montpellier et de Strasbourg; 3° un exposé des principes généraux de la science médicale, renfermant les éléments de la pathologie générale. 1853, 1 fort vol. in-8. 　　　　　8 fr,

AUBER (Éd.). *De la fièvre puerpérale devant l'Académie de médecine,* et des principes du vitalisme hippocratique appliqués à la solution de cette question. 1858, in-8. 　　　　　　　　　　3 fr. 50

AUBER (Éd.). *Hygiène des femmes nerveuses,* ou Conseils aux femmes pour les époques critiques de leur vie. 1844, 2ᵉ édition, 1 vol. gr. in-18. 　　3 fr. 50

AUBER (Éd.). *Esprit du vitalisme et de l'organicisme,* ou Examen critique des doctrines médicales des écoles de Paris et de Montpellier. 1855, in-8. 　2 fr.

AUBER (Éd.). *Guide médical du baigneur à la mer.* 1851, 1 vol in-18. 3 fr. 50

AUBER (Éd.). *Institutions d'Hippocrate,* ou Exposé dogmatique des vrais principes de la médecine, en extraits de ses Œuvres; renfermant : Les dogmes de la science et de l'art, l'histoire naturelle des maladies, les règles de l'hygiène et de la thérapeutique, les éléments de la philosophie médicale et les premiers tableaux des maladies; précédées d'une notice historique et critique sur les livres hippocratiques et suivies d'une dissertation philosophique sur l'hippocratisme. 1864, 1 vol. in-8, (*Sous presse.*)

AUDIBRAN. *Traité historique et pratique* sur les dents, artificielles, incorruptibles, contenant les procédés de fabrication et d'application. 1824, 1 vol. in-8.   3 fr.

AUDIBRAN. *L'art du dentiste considéré chirurgicalement* et nécessité de forcer les nouveaux dentistes, exerçant sans diplôme, à se faire recevoir, après avoir subi les examens voulus par les règlements. 1844, in-8.   , 1 fr.

AUDOUARD. *Relation historique et médicale de la fièrre jaune qui a régné à Barcelone en 1821.* Paris, 1822, in-8, br.   3 fr.

AZÉMAR, *Études sur le choléra.* 1856, in-8, br.   3 fr.

BALLY. *Documents et mélanges,* publiés à l'occasion de la maladie asiatique, introduite dans les États romains et les Alpes dauphinoises. 1855. 1 vol. in-8.   3 fr.

BARRIER. *Précis de nosologie et de thérapeutique.* 1827-1828, 2 vol. in-8.   8 fr.

BARBIER. *Observation d'un cas de fistule vésico-vaginale,* 1843. in-8. 2 fr.

BARON. *Recherches, observations et expériences sur le développement naturel et artificiel des maladies tuberculeuses, etc.;* traduit de l'anglais par Mᵉ Vᵉ Boivin. Paris, 1825, 1 vol, in-8, avec fig. col.   4 fr. 50

BARRÉ. *Nécessité de la cautérisation antéro-postérieure dans certains rétrécissements du canal de l'urèthre.* 1839, in-8. fig.   1 fr.

BARRET. *Des besoins morbides du système vivant,* considérés au point de vue du diagnostic et du traitement. 1853. in-8.   1 fr. 50

BARTHEZ. *Nouveaux éléments de la science de l'homme,* par P.-J. Barthez, médecin de S. M. Napoléon Iᵉʳ. *Troisième édition* augmentée du discours sur le génie d'Hippocrate, de Mémoires sur les fluxions et les coliques iliaques, sur la thérapeutique des maladies, sur l'évanouissement, l'extispice, la fascination, le faune, la femme, la force des animaux; collationnée et revue par M. E. Barthez, médecin de S. A. le Prince impérial et de l'hôpital Sainte-Eugénie, etc, 2 vol. in-8 de 1010 pages.   12 fr.

BARTHEZ et RILLIET. *Traité clinique et pratique des maladies des enfants.* 1853-1854, 2ᵉ édit. refondue, 3 vol. in-8.   35 fr.

Dans cette seconde édition, MM. Barthez et Rilliet, sans quitter la voie do solidisme, ont fait un pas de plus vers l'humorisme et vers le vitalisme, ou pour mieux dire, ils ont puisé dans chaque doctrine ce qu'elle leur a offert d'essentiellement pratique et de vraiment utile. Ce n'est pas une transformation de leurs idées, c'est une simple evolution. Mais si le temps et la reflexion ont modifié leurs doctrines, ils n'ont rien changé à leur méthode; ils ont, comme par le passé, pris pour règle de leurs travaux l'observation et l'analyse, mais tout en conservant dans l'étode des faits, la rigueur et la precision du procédé scientifique, ils ont pu imprimer à leur ouvrage ce caractère d'utilité pratique qu'une longue experience pouvait seule lui donner.
MM. Barthez et Rilliet ont décrit successivement : les *phlegmasies,* les *hydropisies,* les *hémorrhagies,* les *gangrènes,* les *nevroses,* les *maladies générales aiguës specifiques,* les *tuberculisations,* les *entozoaires.*

BAUD. *Emploi thérapeutique des corps gras phosphorés extraits de la moelle allongée des mammifères herbivores,* 1 vol., in-4, 1858.   1 fr. 25

BAUDELOCQUE. *Traité de la péritonite puerpérale.* 1830, 1 vol. in-8.   5 fr.

BAUDELOCQUE. *L'art des accouchements.* 8ᵉ édition, 1844, 2 vol. in-8, de 1,340 pag., avec 17 pl.   18 fr.

BAUDENS. *Des règles à suivre dans l'emploi du chloroforme.* 1853. 1 fr. 25

BAUDENS. *Mémoire sur les solutions de continuité de la rotule,* description d'un appareil pour le traitement des fractures transversales, 1853.   1 fr. 25

BAUDENS. *De l'entorse du pied et de son traitement curatif.* 1852, in-8.   1 fr. 50

BAUDRIMONT. *Introduction à l'étude de la chimie,* par la théorie atomique. 1854, 1 vol. in-8.   3 fr.

BAUMÈS. *Traité de la première dentition et des maladies souvent très graves qui en dépendent.* 1806, 1 vol. in-8.   5 fr.

BAUMÈS. *Traité de l'ictère,* ou Jaunisse des enfants de naissance; 2ᵉ édition. Paris, 1806, in-8 br.   1 fr. 50

BAUMÈS. *Nouvelle dermatologie,* ou Précis théorique et pratique sur les maladies de la peau, fondé sur une nouvelle classification médicale, suivi d'un exposé des principes généraux pouvant servir de guide dans le choix des eaux minérales naturelles, applicables au traitement de ces maladies. 1842, 2 vol. in-8, fig. col.   12 fr.

BAUMÈS. *Traité théorique et pratique sur les diathèses.* 1853, 1 vol. in-8.   4 fr.

BAUMÈS. *Précis théorique et pratique sur les maladies vénériennes.* 2 vol., in-8, 1840.   12 fr.

BAUMÈS. *Traité des maladies venteuses,* etc., in-8, 2ᵉ édition, 1837.   5 fr.

BAYARD. *Mémoire sur la topographie médicale du 4ᵉ arrondissement de Paris.* 1842.   3 fr.

BAYARD. *Manuel de médecine légale.* 1844, 1 vol. grand in-18   3 fr. 50

BAYLE (G.-L.).. *Recherches sur la phthisie pulmonaire.* 1810, 1 vol. in-8.   3 fr. 50

BAYLE (G.-L.), médecin de l'hôpital de la Charité et de S. M. l'Empereur Napoléon 1ᵉʳ. *Traité des maladies cancéreuses,* revu, augmenté et publié par M. A.-L.-J. Bayle, agrégé de la Faculté de Paris. 1834-1839, 2 vol. in-8.   5 fr.

BAYLE (A.-L.-J.). *Éléments de pathologie médicale,* ou Précis de médecine théorique et pratique écrit dans l'esprit du vitalisme hippocratique, par M. A.-L.-J. Bayle, docteur et professeur agrégé de la Faculté de médecine de Paris, etc., etc. 2 vol. in-8 de 1236 pages.   14 fr.

BAYLE (A.-L.-J.). *Traité des maladies du cerveau et de ses membranes.* Maladies mentales. 1826, 1 vol. in-8.   6 fr.

BECQUEREL. *Traité clinique des maladies de l'utérus et de ses annexes,* par M. L.-A. Becquerel, médecin de l'hôpital de la Pitié, professeur agrégé à la Faculté de médecine de Paris, etc. 1859, 2 vol. in-8 de 1061 pages, avec un atlas de 18 pl. (dont 5 coloriées) représentant 44 figures.   20 fr.

Cet ouvrage est divisé en trois parties :

La *première partie* comprend les quatre chapitres suivants : 1° historique; 2° anatomie et physiologie normales; 3° vices de conformation; 4° pathologie générale.

La *deuxième partie* contient cinq chapitres : 1° congestions sanguines; 2° phlegmasies; 3° hémorrhagies; 4° flux et hydropisies; 5° productions organiques.

La *troisième partie* renferme les maladies qui ne sont pas caractérisées par une lésion primitive du tissu; elle comprend six chapitres : 1° déviations utérines; 2° aménorrhée et dysmenorrhée; 3° névralgie utérine; 4° stérilité; 5° influence des états diathésiques; 6° anémie et chlorose. Un atlas composé de 18 planches représentant 44 figures et dues à MM. Bion, Luys, Carswell, etc., est ajouté à l'ouvrage et destiné à faire connaître un certain nombre de cas nouveaux et des analyses microscopiques.

BECQUEREL. *Des applications de l'électricité à la thérapeutique médicale et chirurgicale.* 1860, 2ᵉ édition, 1 vol. in-8, fig.   7 fr.

M. Becquerel passe en revue tous les appareils électriques employés jusqu'à ce jour, étudie impartialement les conditions dans lesquelles l'électrisation est un agent thérapeutique de quelque utilité. Il s'élève avec violence contre les électriseurs quand même; il s'étend longuement sur l'étude des paralysies qu'il divise en paralysies de la vie de relation et paralysies de la vie organique. Puis M. Becquerel étudie les lésions des organes des sens, les atrophies et l'action de l'électricité sur certains états pathologiques, l'asthme, l'angine de poitrine, la sécrétion lactée disparue, la colique de plomb, l'aliénation mentale. Enfin, il a soin de signaler les inconvénients et même les dangers de l'électricité employée dans des circonstances non favorables.

BECQUEREL. *Recherches sur la méningite des enfants.* 1838, in-8.   2 fr.

BECQUEREL. *Traité du bégayement et des moyens de le guérir.* 1843, in-8, br.   3 fr. 50

BECQUEREL. *Des engrais inorganiques en général et du sel marin* (chlorure de sodium *en particulier*. 1848, 1 vol. in-12.   3 fr. 50

BECQUEREL. *Eaux d'Ems*. Études sur les propriétés physiques, chimiques et thérapeutiques de ces eaux. 1859, in-8.   1 fr. 25

BECQUEREL et RODIER. *Traité de chimie pathologique appliquée à la médecine pratique,* contenant l'étude et la composition a l'état sain et à l'état malade de tous les liquides du corps humain, tels que le *sang,* les *urines,* la *lymphe,* le *chyle,* la *salive,* la *bile,* le *suc pancréatique,* le *sperme,* le *lait,* les *larmes,* le *mucus,* les *crachats,* les *vomissements,* les *sécrétions,* la *sueur,* le *pus,* le *tubercule,* le *cancer,* etc. 1854, 1 vol. in-8.   7 fr.

BÉGIN. *Application de la doctrine physiologique à la chirurgie.* 1823. 1 vol. in-8.   2 fr. 50

BELHOMME. *Essai sur l'idiotie,* propositions sur l'éducation des idiots mise en rapport avec leur degré d'intelligence. 1824-1843, in-8, br.   2 fr.

BELHOMME. *Considérations sur l'appréciation de la folie,* sa localisation et son traitement. 1834-1848, 5 Mémoires, in-8, br.   10 fr.

BÉRARD (A.). *Mémoire sur le rapport qui existe entre la direction des conduits nourriciers des os longs et l'ordre suivant lequel les épiphyses se soudent avec le corps de l'os.* 1835, in-8.   1 fr. 25

BÉRARD (A.). *Diagnostic différentiel des tumeurs du sein.* 1842. in-8, br. (Thèse de concours).   3 fr. 50

BÉRARD (A.). *Maladies de la glande parotide et de la région parotidienne,* opérations que ces maladies réclament. 1841, 1 vol. in-8 de 320 pages, 4 pl.   4 fr. 50

BÉRARD (A.). *Causes qui retardent ou empêchent la consolidation des fractures et moyens de l'obtenir.* 1833, in-4.   2 fr. 50

BÉRARD (A.). *Luxation spontanée de l'occipital sur l'atlas,* et de l'atlas sur l'axis. 1829, in-4.   2 fr. 50

BÉRARD (A.). *Mémoire sur l'emploi de l'eau froide dans les maladies chirurgicales.* 1834. in-8.   1 fr. 50

BÉRARD (A.). *Mémoire sur le traitement des varices par le caustique de Vienne.* In-8.   1 fr.

BÉRAUD (F.-A.). *Les filles publiques de Paris et la police qui les régit.* 2 vol., 1839.   6 fr.

BÉRAUD (B.-J.) ET ROBIN. *Manuel de physiologie de l'homme et des principaux vertébrés,* répondant à toutes les questions physiologiques du programme des examens de fin d'année, par M. Béraud, chirurgien des hôpitaux de Paris, reçu par M. Ch. Robin, agrégé de la Faculté de médecine de Paris. 1856-1857, 2 vol. gr. in-18, 2e édition entièrement refondue.   12 fr.

MM. Béraud et Robin ont placé la physiologie sur son vrai terrain, celui de l'expérimentation directe, et ils ont cherché à embrasser réellement tout ce qui, dans l'étude des corps organisés, se rapporte à la dynamique animale. N'oubliant pas qu'ils s'adressent à des médecins, ils n'ont négligé de signaler rien de ce qui peut servir de base à l'étude de la symptomatologie et de la thérapeutique. Tout en se servant de la physique et de la chimie comme de puissants instruments pour découvrir les actes des corps organisés et en déterminer la nature, ils se sont laissés guider principalement par la méthode *a posteriori,* c'est-à-dire d'abord par la généralisation et la coordination des faits, par l'expérience, l'analyse et la synthèse.

BÉRAUD (B.-J.). *Recherches sur l'orchite et l'ovarite varioleuses* 1859. in-8, br.   1 fr. 50

BÉRAUD (B.-J.). *Essai sur le catéthérisme du canal nasal,* suivant la méthode de Laforest, procédé nouveau. 1855, in-8 avec 4 fig.   2 fr. 50

BÉRAUD (B.-J.). *Atlas d'anatomie chirurgicale avec texte explicatif.* (Cet atlas, composé de 100 planches in-8, dessinées d'après nature, par M. Bion, doit servir de *complément* à tous les traités d'anatomie chirurgicale). 1861, 1 vol. in-8. (*Sous presse.*)

BÉRIGNY. *Des médecins légistes considérés dans leurs rapports avec les cours de justice à l'occasion du procès Lafarge.* In-8. 1840.   1 fr. 25

BERNARD. *Avis au peuple sur le choléra morbus asiatique.* 1840. in-8.
1 fr. 25

BERNARDEAU. *Histoire de la phthisie pulmonaire.* Nouvelles recherches sur l'étiologie et sur le traitement de cette maladie. 1 vol. in-8. 1845.   2 fr.

BERTHERAND. *De la suture mixte et en faufil.* 1855, br. in-8.   1 fr. 25

BERTHERAND. *Médecine et hygiène des Arabes.* 1855, 1 vol. in-8.   7 fr. 50

BERTON. *Traité pratique des maladies des enfants depuis la naissance jusqu'à la puberté,* avec des notes de M. Baron, médecin de l'hôpital des enfants-trouvés, 2e édition. 1842, 1 vol. in-8.   4 fr.

BERZELIUS. *Annuaire des sciences chimiques* ou Rapport sur les progrès des sciences naturelles, présenté à l'Académie de Stockholm. 1837, 1 vol. in-8.   2 fr.

BEYRAN. *La Turquie médicale au point de vue des armées expédition-naires et des voyageurs,* mémoire suivi d'un vocabulaire scientifique et mili-taire, 1854, in-8.   1 fr. 50

BEYRAN. *Notice sur la Turquie* Aperçu topographique, industrie, propriété, instruction publique, armée française, koram, capitulations, hommes d'État, der-nières réflexions. Réformes, 2e partie. 1855, in-8.   1 fr. 50

BEYRAN. *Mémoire sur la paralysie syphilitique du nerf moteur externe de l'œil.* (6e paire). 1860, br. in-8.   1 fr. 25

BIBLIOTHÈQUE ENTOMOLOGIQUE, contenant: 1° centurie d'insectes, par Kirby ; 2° œuvres entomologiques de Eschscholtz ; 3° insectes de Java, par Mac Leay ; 4° Bulletin de la Société des naturalistes de Moscou, 1852, 2 vol. in-8, fig.   20 fr.

BIDAULT DE VILLIERS. *Propriétés médicinales de la digitale pourprée,* 3e édit. 1812, in 8.   2 fr. 50

BILLARD. *De la membrane muqueuse gastro intestinale dans l'état sain et l'état inflammatoire,* etc. 1825, 1 vol. in-8.   4 fr.

BIOGRAPHIE MÉDICALE par ordre chronologique, d'après Daniel-Leclerc, Éloy, Freind, Sprengel, Dezeimeris, etc. 1855. 2 vol. in-8 à 2 colonnes.   6 fr.

BLANDET. *Maladies des professions insalubres.* 1845, gr. in-8.   1 fr.

BLANDIN. *Atlas d'anatomie topographique,* ou d'anatomie des régions du corps humain, considérée dans ses rapports avec la chirurgie et la médecine opératoire. 1834, 20 pl. in-fol.   12 fr.

BLANDIN. *De l'autoplastie,* ou Restauration des parties du corps qui ont été dé-truites, à la faveur d'un emprunt fait à d'autres parties plus ou moins éloignées. Paris, 1836, 1 vol. in 8.   4 fr. 50

BLATIN (Henry). *Des enveloppes du fœtus et des eaux de l'amnios,* 1840, in-8.   2 fr.

BLATIN ET NIVET. *Traité des maladies des femmes,* qui déterminent des fleurs blanches, des leucorrhées ou tout autre écoulement utéro-vaginal. 1 vol. in-1842.   7 fr.

BLAUD. *Nouvelles recherches sur la laryngo-trachéite* connue sous le nom de croup. 1 vol. in-8, 1823.   3 fr.

BLAUD. *Essai sur le vitalisme.* 1854, in-8, br.   1 fr. 25

BLAUD. *L'art médical,* ou les vrais moyens de parvenir en médecine. Poème 1843 1 vol. in-8.   3 fr. 50

BOBIERRE (Adolp.). *Traité de manipulations chimiques,* description raisonnée de toutes les opérations chimiques et des appareils dont elles réclament l'emploi. 1844, 1 vol. in-8 de 493 pages avec 173 fig.   6 fr.

BONJEAN. *Monographie de la pomme de terre*, envisagée dans ses rapports agricoles, scientifiques et industriels, etc. 1846, 1 vol. in-8.   3 fr. 50

BONJEAN. *Mémoire pratique sur l'emploi médical de l'ergotine et des préparations dialytiques.* 1856, in-8, br.   1 fr. 50

BONNET. *Considérations médico-légales sur la monomanie homicide.* 1840, in-8.   1 fr. 50

BONNET. *Traité complet, théorique et pratique des maladies du foie*, 2ᵉ édit., 1 vol. in-8, 1841.   3 fr.

BORCHARD. *Commentaires historiques, critiques et pratiques sur la suette* (fragment). 1850, in-8, br.   1 fr. 50

BORCHARD. *Hygiène des professions.* Maladies des menuisiers et des ébénistes, d'après le docteur KOBLANK, de Berlin. 1859, in-8, br.   1 fr. 25

BORIE. *Des maladies nerveuses en général, de l'épilepsie en particulier, et des moyens de les combattre avantageusement.* 1830, 1 vol. in-8.   5 fr.

BOSSU. *Nouveau compendium médical à l'usage des médecins-praticiens*, contenant : 1º La *Pathologie générale* ; 2º un *Dictionnaire de pathologie interne*, avec l'indication des formules les plus usitées dans le traitement des maladies ; 3º un *Memento thérapeutique*, avec la définition de toutes les préparations pharmaceutiques. 1857, 2ᵉ édit. 1 vol. gr. in-18.   7 fr.

BOSSU. *Traité des plantes médicinales indigènes*, précédé d'un cours de botanique. 1854, 1 vol. in-8 et atlas de 60 planches représentant 1100 figures coloriées.   23 fr.

BOSSU. *Nouveau dictionnaire d'histoire naturelle et des phénomènes de la nature.* 1857-1859, 3 vol. in-4, avec 1370 fig.   27 fr.

BOUCHARDAT. *Annuaire de thérapeutique, de matière médicale, de pharmacie et de toxicologie* de 1841 à 1860, contenant le résumé des travaux thérapeutiques et toxicologiques publiés de 1840 à 1859, et les formules des médicaments nouveaux, suivi de Mémoires sur le diabète sucré ; sur une maladie nouvelle, l'*hippurie* ; sur les iodures d'iodhydrates d'alcalis végétaux ; sur la digestion ; sur les contre-poisons du sublimé corrosif, du plomb, du cuivre et de l'arsenic ; sur les cas rares de chimie pathologique ; sur l'action des poisons et de substances diverses sur les plantes et les poissons ; sur les principaux contre-poisons et sur la thérapeutique des empoisonnements ; sur les affections syphilitiques ; sur la thérapeutique du choléra ; observations sur l'affaiblissement de la vue coïncidant avec des maladies dans lesquelles la nature de l'urine est modifiée ; sur la pathogénie et la thérapeutique du rhumatisme articulaire aigu ; sur le traitement de la phthisie et du rachitisme par l'huile de foie de morue ; sur l'étiologie et l'hygiène des tumeurs cancéreuses ; sur l'alimentation insuffisante ; sur les amidonneries insalubres ; sur le rôle des matières albumineuses dans la nutrition ; sur l'oligosurie, la polyurie ; sur la fièvre jaune et sur la farine, le pain et le vin ; sur l'infection déterminée dans le corps de l'homme par la fermentation putride des produits morbides ou excrémentitiels. 20 vol. grand in-32. Prix de chaque.   1 fr. 25

BOUCHARDAT. *Supplément à l'Annuaire de thérapeutique*, etc., pour 1846, contenant des Mémoires : 1º sur les fermentations ; 2º sur la digestion des substances sucrées et féculentes et sur les fonctions du pancréas , par MM. BOUCHARDAT et SANDRAS ; 3º sur le diabète sucré ou glycosurie ; 4º sur les moyens de déterminer la présence et la quantité de sucre dans les urines ; 5º sur le pain de gluten ; 6º sur la nature et le traitement physiologique de la phthisie. 1 vol. gr. in-32.   1 fr. 25

BOUCHARDAT. *Supplément à l'annuaire de thérapeutique*, etc., pour 1856. Contenant : 1º l'Histoire physiologique et thérapeutique de la *cinchonine* ; 2º Rapport sur les *remèdes proposés contre la rage* ; 3º Recherches sur les alcaloïdes dans les urines ; 4º Solution alumineuse benzinée ; 5º la table alphabétique des matières contenues dans les Annuaires de 1841 à 1855, rédigée par M. Ramon. 1 vol. in-32.   1 fr. 25

BOUCHARDAT, *Nouveau formulaire magistral,* précédé d'une notice sur les hôpitaux de Paris, de généralités sur l'art de formuler, suivi d'un précis sur les eaux minérales naturelles et artificielles, d'un mémorial thérapeutique, de notions sur l'emploi des contre-poisons, et sur les secours à donner aux empoisonnés et aux asphyxiés. 1861, 10° édit., 1 vol. in-18.   3 fr. 50

BOUCHARDAT. *Physique, avec ses principales applications.* 1 vol. gr. in-18 de 540 pages, avec 230 fig. dans le texte. 1851, 3° édit.   4 fr. 50

BOUCHARDAT. *Histoire naturelle,* contenant la zoologie, la botanique, la minéralogie et la géologie. 2 vol. gr. in-18, avec 308 figures. 1844.   7 fr.

BOUCHARDAT. *Atlas de botanique,* composé de 24 planches représentant 56 plantes, pour servir de complément à l'histoire naturelle. Fig. n., 2 fr. 50, et fig. col.   5 fr.

BOUCHARDAT. *Opuscules d'économie rurale,* contenant les engrais, la betterave, les tubercules de dahlia, les vignes et les vins, le lait, le pain, les boissons, l'alucite, la digestion et les maladies des vers à soie, les sucres, l'influence des eaux potables sur le goître, etc. 1851, 1 vol. in-8.   3 fr. 50

BOUCHARDAT. *Traité des maladies de la vigne.* 1853, 1 vol. in-8.   3 fr. 50

BOUCHARDAT, FERMOND et AIMÉ. *Manuel complet du baccalauréat ès sciences.* 1854, 1 vol. gr. in-18, avec 384 fig., 4° édit.   7 fr.

BOUCHARDAT. *Formulaire vétérinaire,* contenant le mode d'action, l'emploi et les doses des médicaments simples et composés, prescrits aux animaux domestiques par les médecins vétérinaires français et étrangers, et su.vi d'un mémorial thérapeutique. 1861, 2° édit., 1 vol. in-18. (*Sous presse*).

BOUCHARDAT. *Manuel de matière médicale,* de thérapeutique comparée et de pharmacie. 1856-1857, 2 vol. grand in-18, 3° édit.   14 fr.

BOUCHARDAT et QUEVENNE. *Du lait,* 1er *fascicule,* instruction sur l'essai et l'analyse du lait ; 2° *fascicule,* des laits de femme, d'ânesse, de chèvre, de brebis, de vache. 1857, 1 vol. in-8.   6 fr.

On vend séparément l'*instruction* pour l'essai et l'analyse du lait. 1856, in-8, br.   1 fr. 25

BOUCHARDAT et DÉLONDRE. *Quinologie.* Des quinquinas et des questions qui, dans l'état présent de la science et du commerce, s'y rattachent avec le plus d'actualité. 1854, 1 vol. gr. in-4, avec 23 pl. coloriées et 2 cartes.   40 fr.

BOUCHER (d'Amiens). *Recherches sur la structure des organes de l'homme et des animaux les plus connus.* 1848, 1 vol. in-8, avec 104 fig.   6 fr.

BOUCHER (d'Amiens). *Essai sur les principaux points de la physiologie.* 1856, 1 vol. in-8.   4 fr. 50

BOUDARD. *Mémoire sur la reproduction naturelle des Sangsues.* 1853, br. in 8.   1 fr. 25

BOUÉ (Ami). *Guide du géologue-voyageur* sur le modèle de l'agenda géognostical de M. de Léonard, 2 vol. in-12. 1836.   6 fr.

BOUISSON. *Tribut à la chirurgie,* ou Mémoires sur divers sujets de cette science. 2 vol. avec planches, 1858-1861.   24 fr.

BOUISSON. *Tableau des progrès de l'anatomie dans l'école de Montpellier,* in-8. 1838.   1 fr. 50

BOUISSON. *Discours sur la certitude de la physiologie,* 1838, in-8.   1 fr. 25

BOUNEAU et SULPICY. *Recherches sur la contagion de la fièvre jaune,* ou rapprochement des faits et des raisonnements les plus propres à éclairer cette question. 1823, 1 vol. in-8.   4 fr.

BOURDET. *Recherches et observations sur toutes les parties de l'art du Dentiste.* 1757. 2 vol. in-12.   4 fr.

BOURDET (Eug.). *Des maladies du caractère* (hygiène morale et philosophie). 1858. 1 vol. in 12.   3 fr. 50

BOURDET (Eug.). *Causeries médicales avec mon client.* 1852. 1 vol. in-18.   4 fr.

BOURDIN. *Traitement des affections cancéreuses,* indications et contre-indications de l'opération dans le traitement du cancer. 1844, in 8, br.   1 fr. 50

BOURGUIGNON et feu SANDRAS. *Traité pratique des maladies nerveuses.* 2e édition, corrigée et considérablement augmentée, 1860-1861. 2 vol. in-8.   12 fr.

BOURROUSSE DE LAFFORE (DE). *Des taches de la cornée et des moyens de les faire disparaître,* in-8. 1860.   1 fr. 50

BOUTEILLE. *Traité de la chorée ou danse de Saint-Guy* 1810, 1 vol. in-8.   3 fr. 50

BOYER (Lucien). *De l'entraînement des parties antérieures du corps vitré* pendant l'opération de la cataracte par abaissement. 1849, in-8, br.   1 fr. 25

BOYER (Lucien). *Observations de hernie étranglée.* 1849, in-8.   1 fr. 25

BOYER (Lucien). *Des diathèses au point de vue chirurgical.* 1847, in-8.   2 fr.

BOYER (Lucien. *Recherches sur l'opération du strabisme.* 1842-1844, 1 vol. in 8, avec 12 planches représentant 44 figures noires.   7 fr.

— Figures coloriées.   10 fr.

BRACHET. *Physiologie élémentaire de l'homme.* 1854. 2 vol. in-8.   5 fr.

BRACHET. *Traité complet de l'hypochondrie.* 1844, 1 vol. in-8.   3 fr. 50

BRACHET. *Traité de l'hystérie.* 1848, 1 vol. in-8.   3 fr. 50

BRACHET. *Asthénie.* 1829, 1 vol. in-8.   2 fr.

BRACHET. *Traité pratique des convulsions dans l'enfance;* 2e édition, 1837, 1 vol. in-8.   3 fr. 50

BRACHET. *De l'emploi de l'opium dans les phlegmasies des membranes muqueuses, séreuses et fibreuses,* 1 vol. in 8. 1828.   3 fr. 50

BRACHET. *Traité pratique de la colique de plomb,* 1 vol. in-8. 1850. 1 fr. 50

BRAD (Louis). *Hygie militaire ou l'art de guérir aux armées.* Poème en 4 chants, suivi des loisirs d'un militaire dans la campagne de 1809. 1819, 1 vol. in 8.   2 fr.

BRAUN. *Essai sur l'éclampsie ou les convulsions urémiques des femmes grosses,* en travail et en couches, traduit de l'allemand par Petard. 1858, in-8 br.   1 fr.

BRICHETEAU. *Traité sur les maladies chroniques qui ont leur siége dans les organes de l'appareil respiratoire,* la phthisie pulmonaire, les diverses affections des poumons et des plèvres, la phthisie laryngée et trachéale, la bronchite chronique, le rhume, le catarrhe pulmonaire, l'hémoptysie, l'asthme, l'aphonie, les dyspnées nerveuses, etc. 1852, 1 vol in-8 de 664 pag.   8 fr.

BRICHETEAU. *Traité de l'hydrocéphale aiguë ou fièvre cérébrale des enfants.* 1826, 1 vol. in 8.   2 fr. 50

BRIERRE DE BOISMONT. *Relation historique et médicale du choléra morbus de Pologne,* comprenant l'apparition de la maladie, sa marche, ses progrès, ses symptômes, son mode de traitement et les moyens préservatifs. 1 vol. in-8. 1832.   2 fr.

BRIERRE DE BOISMONT. *Des hallucinations, ou Histoire raisonnée des apparitions,* des visions, des songes, de l'extase, du magnétisme et du somnambulisme. 1861, 3° édition très augmentée. (*Sous presse.*)

BRIERRE DE BOISMONT. *Du suicide et de la folie suicide,* considérés dans leurs rapports avec la statistique, la médecine et la philosophie. 1856, 1 vol. in-8 de 680 pages.   7 fr.

BRIERRE DE BOISMONT. *De l'ennui* (*tœdium vitæ*). 1850, in 8.   1 fr. 50

BROC. *Essai sur les races humaines considérées sous les rapports anatomique et philosophique* 1836, 1 vol. in 8, avec 11 fig.   3 fr. 50

BROGNIEZ. *Traité de chirurgie vétérinaire.* 1842 45, 3 vol. grand in-8, et atlas in-folio de 47 planches noires et coloriées représentant 433 fig.   30 fr.

BROUSSAIS. *Recherches sur la fièvre hectique.* Paris, 1808, in-8, br.   2 fr.

BROUSSAIS. *Examen des doctrines médicales.* 3° édition. 1829-1834. 4 vol. in-8.   8 fr.

BROUSSAIS. *De l'irritation et de la folie,* ouvrage dans lequel les rapports du physique et du moral sont établis sur les bases de la médecine physiologique, 2° édit. entièrement refondue, 1839, 2 vol. in-8.   6 fr.

BROWN. *Éléments de médecine,* trad. du latin, avec des addit., par M. Fouquier. 1805, 1 vol. in-8.   4 fr.

BRULET. *Observations diverses de chirurgie.* 1843, in-8.   1 fr. 25

BUCHAN. *Observations pratiques sur les bains de mer et les bains chauds,* traduites par Rousel. 1812, 1 vol. in 8.   2 fr.

BULLETINS DE LA SOCIÉTÉ ANATOMIQUE DE PARIS, rédigés par MM. Axenfeld, Bauchet, Bell, Bérard, Bourdon, Broca, Chassaignac, Demarquay, Denocé, Deville, Forget, Foucher, Giraldès, Gosselin, Lenoir, Leudet, Livois, Maréchal, Mercier, Pigné, Richard, Rover-Collard, Sestier, A. Tardieu, Thibault, Valleix, Vigla; années 1826 à 1834, 1837, 1838, 1840 à 1855, 27 vol. in 8.

Prix des années 1826 à 1834, chacune   3 fr.

Prix des autres volumes, chacun   5 fr.

BURGGRAEVE. *Anatomie de texture,* ou Histologie appliquée à la physiologie et à la pathologie. 2° édition. Gand, 1845, 1 vol. grand in 8 de 730 pages avec 138 figures.   7 fr.

BURGGRAEVE. *Le génie de la chirurgie* considéré sous le rapport des pansements, des opérations, du diagnostic, du pronostic et du traitement. Gand, 1853, 1 vol. grand in 8 de 436 pages.   7 fr.

BURGGRAEVE. *Précis de l'histoire de l'anatomie,* comprenant l'examen comparatif des ouvrages des principaux anatomistes anciens et modernes. Gand, 1840, 1 vol. grand in-8.   6 fr.

BURIN DU BUISSON. *Étude de l'action chimique du perchlorure,* du persulfate et du perozotate de fer, sur les principes fibrino-albumineux du sang, in 8, 1853.   50 c.

BURNS. *Traité des accouchements* et des maladies des femmes et des enfants. 1855. 4 vol. in-8.   3 fr. 50

CABROL. *Biographie de J.-A. Antonini,* médecin en chef de l'armée d'Afrique etc. 1846, 1 vol. in-8.   1 fr. 50

CAILLIOT. *Éléments de pathologie générale et de physiologie pathologique.* 1819, 2 vol. in-8.   6 fr.

CAMPARDON. *De la couperose,* 1847, in-8.   1 fr. 25

CANQUOIN. *Traitement du cancer*, excluant toute opération par l'instrument tranchant, suivi des modifications apportées dans le traitement des ulcères de l'utérus, et d'observations nombreuses. 2ᵉ édit. 1838, 1 vol. in-8. 6 fr.

CAPURON. *De l'accouchement* lorsque le bras de l'enfant se présente et sort le premier, br. in-8. 1828. 2 fr.

CARON. *Le Code des Jeunes mères*. Traité théorique et pratique pour l'éducation physique des nouveau-nes. 1859, 1 vol. in-8. 3 fr. 50

CARPON. *Voyage à Terre Neuve*, 1 vol. in 8. 1852. 2 fr. 50

CARRIÈRE. *Recherches sur les eaux minérales sodo bromurées de Salins*. 1856, in-12. 1 fr. 30

CARRON DU VILLARDS. *Recherches médico chirurgicales sur l'opération de la cataracte*, les moyens de la rendre plus sûre, et sur l'inutilité des moyens médicaux pour la guérir sans opération. 2ᵉ édit. considérablement augmentée. 1837, 1 vol. in-8 de 440 p.; avec 53 fig. 7 fr.

CARRON DU VILLARDS. *Guide pratique pour l'exploration méthodique et symptomatologique de l'œil et de ses annexes*. 1836, in-8. 1 fr.

CASTORANI. *De la kératite et de ses suites*. 1856. 1 vol. in-8. 3 fr.

CASTORANI. *Mémoire sur la photophobie*. 1856, in-8. 75 c.

CASTORANI. *Causes de la cataracte lenticulaire*. 1857, in-8. 1 fr. 25

CATTELOUP. *Recherches sur la dysenterie du nord de l'Afrique*. 1851, in-8, br. 2 fr.

CELSE (A. C.). *Traité de la médecine en huit livres*, traduction nouvelle, 1 vol. in-12. 1824. 2 fr.

CERISE. *Exposé et examen critique du système phrénologique*. 1836, 1 vol. in-8. 4 fr. 50

CERISE. *Le médecin des salles d'asile*, ou manuel d'hygiène et d'éducation physique de l'enfance. 1836, 1 vol. in-8. 3 fr. 50

CHARCOT. *De l'expectation en médecine* (thèse d'agrégation). 1857, in-8. 1 fr. 50

CHAILLY ET GODIER. *Précis de la rachidiorthosie*, nouvelle méthode pour le redressement de la taille sans lits mécaniques ni opérations chirurgicales. 1842, in-8. 1 fr. 50

CHARDON. *Des devoirs du médecin*. 1852, br. in-8. 1 fr. 50

CHARMEIL. *Recherches sur les métastases*, suivies de nouvelles expériences sur la génération des os. 1821. 1 vol. in-8 avec 17 fig. 3 fr.

CHARPIGNON. *Considérations sur les maladies de la moelle épinière*, in-8. 1860. 1 fr.

CHASSAIGNAC. *De la circulation veineuse*. 1836, 1 vol. in-8. 3 fr.

CHAUSSIER. *Considérations sur les convulsions qui attaquent les femmes enceintes*. 2ᵉ édit., 1824. in-8, br. 1 fr. 25

CHAUSSIER. *Considérations sur les soins qu'il convient de donner aux femmes pendant le travail ordinaire de l'accouchement*. 1825, in-8. 1 fr. 25

CHELIUS. *Traité de chirurgie* ou des maladies chirurgicales et des opérations qui leur conviennent, traduit de l'allemand par J.-B. Pigné. 1844, 2 vol. in 8. 12 fr.

CHERVIN. *Examen des principes de l'administration en matière sanitaire*, 1827, 1 vol. in-8. 2 fr.

CHOMEL. *Leçons de clinique médicale,* faites à l'Hôtel-Dieu de Paris, recueillies et publiées sous ses yeux par MM. les docteurs Genest, Requin et Sestier. 1834-1840, 3 vol. in-8.   21 fr.

CHORIOL. *Considérations sur la fracture, les mouvements et les bruits du cœur.* 1841, br. in-4.   1 fr.

CHOULETTE. *Observations pratiques de chimie,* de pharmacie et de médecine légale, 1er fascicule, 1 vol. in-12. 1860.   1 fr. 50

CHRISTOPHE (de Toul). *Traité théorique et pratique des maladies nerveuses* avec leur traitement par la médecine chimique. 1854, in-12.   1 fr. 50

CHRISTOPHE. *Doctrine des impondérables* ou Nouveaux principes de médecine chimique. 1856, 1 vol. In-8.   6 fr.

CLAUDET. *Recherches sur la théorie* des principaux phénomènes de photographie dans le procédé du daguerréotype. 1850, in-8. avec 8 fig.   75 c.

CLAUDET. *Nouvelles recherches sur la différence entre les foyers visuels et photogéniques,* et sur leur constante variation. 2e Mémoire. 1851, in-8.   1 fr. 50

CLIET. *Utérotherme,* nouveau procédé pour le traitement des affections de la matrice. 1845, in-8, fig.   1 fr.

CLOQUET (H.). *Traité complet de l'anatomie de l'homme,* comparée dans ses points les plus importants à celle des animaux, et considérée sous le double rapport de l'histologie et de la morphologie. 1 vol. in-4, 100 pl.   40 fr.

CLOQUET (H.). *Osphrésiologie,* ou Traité des odeurs, du sens et des organes de l'olfaction, avec l'histoire détaillée des maladies du nez et des fosses nasales. 2e édit. 1821. 1 fort vol. in-8.   5 fr.

CLOQUET (J.). *Mémoire sur la membrane pupillaire* et sur la formation du petit cercle artériel de l'iris. 1818, in-8, br.   1 fr. 25

CLOQUET (J). *De l'influence des efforts sur les organes renfermés dans la cavité thoracique.* 1820, in-8, br.   1 fr. 25

COMBE (George). *Traité complet de phrénologie;* traduit de l'anglais par le docteur Lebeau. 2 forts vol. avec fig. 1844.   12 fr.

COMMAILLE et **LAMBERT.** *Recherches sur les eaux potables et minérales du bassin de Rome.* 1860, in-8.   2 fr.

COOPER (Astley). *Œuvres chirurgicales,* traduit de l'anglais avec des notes, par E. Chassaignac et G. Richelot. 1837, 1 vol. in 8.   6 fr.

CORNAZ. *Des abnormités congéniales des yeux et de leurs annexes.* 1848, in-8.   3 fr. 50

COSTE et **DELPECH.** *Recherches sur la génération des mammifères,* suivies de recherches sur la formation des embryons. 1834. 1 vol. in-4, avec 9 fig.   12 fr.

COSTER. *Manuel de médecine pratique basée sur l'expérience,* suivi de deux tableaux synoptiques des empoisonnements. 1837, 1 vol. in-18.   3 fr. 50

COSTES. *Histoire critique et philosophique* de la doctrine physiologique. 1849. 1 vol. in-8.   6 fr.

COSTES. *Réflexions sur le diabète sucré.* 1846, in-8.   2 fr.

COSTES. *Traitement de la fistule lacrymale.* 1856, in-8.   2 fr.

COST. S. *Étude comparative de l'action thérapeutique* des diverses préparations du fer. in-8. 1854.   1 fr. 50

COSTES. *Des tumeurs emphysémateuses du crâne,* 1838, in-8, br.   1 fr. 50

2

COTTEREAU. *Formulaire général* ou Guide pratique du médecin, du chirurgien et du pharmacien. 1840, 1 vol. in-32.   2 fr. 50

COTTEREAU. *Note sur les sangsues qui sont livrées au commerce.* 1846, br. in-8.   1 fr. 50

COTTEREAU. *Essais historiques* sur les métaux que l'on rencontre quelquefois dans les corps organisés, avec la collaboration de M. Chevallier. 1849, in-8. 1 fr. 50

COTTEREAU. *Notice historique sur la poudre-coton.* 1847, in-8.   1 fr.

COTTEREAU. *Notice sur l'application du chlore gazeux au traitement de la phthisie* et sur un nouvel appareil.   75 c.

COTTEREAU. *Des altérations de l'urine* et des moyens physiques et chimiques pour les reconnaitre. 1850, in-8.   1 fr. 50

COUDRET. *Recherches médico-physiologiques sur l'électricité animale,* 1 vol. in-8. 1837.   7 fr.

COULON. *Recherches et considérations médicales sur l'acide hydrocya-nique,* son radical, ses composés et ses antidotes. 1859, 1 vol. in-8.   3 fr. 50

CRÉBESSAC-VERNET. *Mémoire sur le principe fondamental de la théra-peutique,* déduit de l'observation et de l'expérience, 1 vol. in-8. 1859.   1 fr. 50

CROCQ. *Traité des tumeurs blanches des articulations,* 1 vol. gr. in-8, avec planches lithographiées. 1853.   8 fr.

CUVIER. *Discours sur les révolutions de la surface du globe* et sur les chan-gements qu'elles ont produits dans le règne animal, 8e édition, 1 vol. in-18, avec 7 figures.   2 fr. 50

DAGOUMER. *Précis historique de la fièvre rattachée à l'histoire philoso-phique de la médecine.* 1831, 1 vol. in-8.   2 fr. 50

DALLY (Eug.) *Plan d'une thérapeutique* par le mouvement fonctionnel. 1859, in-4.   2 fr.

DANCEL. *De l'influence des voyages sur l'homme* et sur ses maladies, 1 vol. in-8. 1846.   5 fr.

DE CANDOLLE. *Organographie végétale,* ou Description raisonnée des organes des plantes, 2 vol. in-8, avec 60 pl. représentant 422 fig.   12 fr.

DECÈS. *Varices artérielles,* et indications de leur traitement. 1857, in-4.   2 fr.

DECÈS. *Nouveau procédé de trachéotomie sous-cricoïdienne.* 1853, in-8.   1 fr. 25

DECOUX. *Mémoires et observations,* contenant des recherches sur le hoquet, sur les phlegmasies aiguës, des considérations sur le croup, etc., etc. 1842. br. in-8.   1 fr. 50

DECROZANT. *De l'asthme.* 1854, in-8, br.   2 fr. 50

DEGUISE, DUPUY et LEURET. *Recherches et expériences sur l'acétate de morphine.* 1824, in-8.   1 fr. 50

DE HALDAT. *Exposition de la doctrine magnétique,* ou Traité philosophique, historique et critique du magnétisme terrestre. 1852, 1 vol. in-8, fig.   3 fr. 50

DELABARRE. *Odontologie* ou observations sur les dents humaines suivies de quelques idées nouvelles sur le mécanisme des dentiers artificiels. 1815, 1 vol. in-8.   2 fr.

DELABARRE. *Traité de la seconde dentition et méthode naturelle de la diriger,* suivis d'un aperçu de séméiotique buccale. 1819, 1 vol. in-8, avec 22 planches.   10 fr.

DELABARRE fils. *De la gutta-percha et de son application aux dentures artificielles.* 1852, in 8, avec fig.   1 fr. 25

DELARROQUE. *Recherches 'sur les maladies abdominales* qui simulent, provoquent ou entretiennent des maladies de poitrine. 1838, 1 vol. in-8.   6 fr.

DELEAU. *L'ouïe et la parole rendues à Honoré Trezel,* sourd-muet de naissance, avec un rapport à l'Académie des sciences. 1825, in-8.   1 fr. 50

DELEAU. *Recherches pratiques sur les maladies de l'oreille* et sur le développement de l'ouïe et de la parole chez les sourds-muets. *Maladies de l'oreille moyenne.* 1838, 1 vol. in-8. fig. ·   8 fr.

DELACOUX. *Éducation sanitaire des enfants,* 2ᵉ édition, 1 volume in-8. 1829.   3 fr.

DELAFOND ET **BOURGUIGNON.** *Pathologie et entomologie comparées de la psore* des animaux domestiques et de l'homme (ouvrage couronné par l'Institut). 1861, 1 fort vol. in-4 de 300 pages. (*Sous presse.*)

DELMONT. *Mémoire sur un nouveau procédé pour détruire le cordon dentaire des six dents antérieures et leur extraction.* 1824, br. in 8, 1 fr.

DELONDRE ET **BOUCHARDAT.** *Quinologie.* Des quinquinas et des questions qui, dans l'état présent de la science et du commerce, s'y rattachent avec le plus d'actualité. 1854, 1 vol. gr. in-4, avec 23 pl. color. et 2 cartes.   40 fr.

DELPECH. *Chirurgie clinique de Montpellier,* ou observations et réflexions tirées des travaux de chirurgie clinique de cette école. 1823-1828, 2 vol. in-4, fig.   25 fr.

DE MOLÉON. *Rapport sur les travaux du conseil de salubrité de la ville de Paris,* de 1802 à 1840, 2 vol. in-8.   10 fr.

DENEUX. *Mémoire sur les bouts de sein,* ou mamelons artificiels, et les biberons. 1833, in-8, br.   1 fr. 50

DENEUX. *Propriétés de la matrice.* 1818, in-8.   1 fr. 25

DENEUX. *Accouchement spontané,* in-8.   1 fr. 25

DENEUX. *Observation sur une tumeur fibreuse de l'utérus* expulsée dans le vagin après un avortement au terme de quatre mois, et prise pour l'arrière-faix. 1829, in-4, fig.   1 fr. 25

DENIS. *Recherches d'anatomie et de physiologie pathologiques* sur plusieurs maladies des enfants nouveau-nés. 1826, 1 vol. in-8.   5 fr.

DENIS. *Essai sur l'application de la chimie à l'étude physiologique du sang de l'homme,* et à l'étude physiologico-pathologique, hygiénique et thérapeutique des maladies de cette humeur. 1838, 1 vol. in-8.   3 fr. 50

DENUCÉ. *Mémoire sur les luxations du coude.* 1854, in-4 avec 7 fig.   3 fr. 50

DE PUYSAYE ET **LECONTE.** *Eaux d'Enghien,* au point de vue chimique et médical. 1853, 1 vol. in-8.   5 fr.

DESCHAMPS (d'Avallon). *Manuel de pharmacie, et Art de formuler,* contenant : 1° les principes élémentaires de pharmacie ; 2° des tableaux synoptiques : a. des substances médicamenteuses tirées des trois règnes, avec leurs doses et leurs modes d'administration ; b. des eaux minérales employées en médecine ; c. des substances incompatibles ; 3° les indications pratiques nécessaires pour composer de bonnes formules ; suivi d'un *Formulaire de toutes les préparations iodées* publiées jusqu'à ce jour, par M. Deschamps (d'Avallon), pharmacien de la maison impériale de Charenton. 1856, 1 vol. gr. in-18 avec 19 figures.   6 fr.

DESCHAMPS (d'Avallon). *Manuel pratique d'analyse chimique*, 1859, 2 vol. in 8 de 1034 pages, contenant, l'un l'*Analyse qualitative*, l'autre l'*Analyse quantitative*, avec 80 fig. intercalées dans le texte.   12 fr.

Cet ouvrage est formé de neuf parties distinctes :
La *première* se compose de l'analyse à l'aide du ebolumeau, de la définition des propriétés physiques des corps et des opérations qu'il faut connaître avant de faire une analyse.
La *deuxième* a pour but d'indiquer comment il faut préparer les réactifs.
La *troisième* traite de l'étude des propriétés physiques et chimiques des corps et des modifications que ces corps éprouvent sous l'influence des réactifs.
La *quatrième* est l'exposé de la méthode à suivre, lorsqu'on veut faire une analyse qualitative par *voie humide*; c'est la partie principale du 1er vol.
La *cinquième* traite de l'analyse quantitative par la *méthode des pesées*.
La *sixième* est consacrée à l'*analyse volumétrique*.
La *septième* traite de l'*analyse organique*.
La *huitième* est affectée à l'*analyse des gaz*.
La *neuvième* est entièrement destinée aux *calculs* qu'il faut exécuter pour terminer un travail analytique.
Enfin, un chapitre est consacré aux *équivalents*.

DESGENETTES. *Histoire médicale de l'armée d'Orient*. 1802, 1 vol. in-8. 5 fr.

DESMARRES. *Traité théorique et pratique des maladies des yeux*, par M. le docteur L.-A. Desmarres, professeur de clinique ophthalmologique, etc. 1854-1858, 2ᵉ édition, 3 forts volumes in-8 avec 205 figures intercalées dans le texte.   23 fr.

M. Desmarres a classé les maladies des yeux dans l'ordre anatomique, sans négliger cependant les signes que les diathèses impriment à la marche des maladies. Le livre est divisé en deux parties principales :
La *première* comprend les maladies de l'orbite (parties dures et parties molles), celles de l'appareil lacrymal, de la membrane semi-lunaire, de la caroncule lacrymale, enfin celles des paupières.
La *seconde partie* qui occupe les 2ᵉ et 3ᵉ volumes en entier, comprend, sous 14 chapitres, les maladies du globe de l'œil.

DESMARRES. *Mémoire sur une méthode d'employer le nitrate d'argent dans quelques ophthalmies*. 1842, in-8.   2 fr.

DESMARRES ET ROBIN. *Description d'une espèce particulière de tumeurs de la chambre antérieure*, qui a pour origine l'hypergénèse de quelques éléments de la cornée. 1855, in-8.   75

DESPINE fils. *Manuel de l'étranger aux eaux d'Aix en Savoie*. 1850, 1 vol.   2 fr.

DESPINE (Marc). *Annuaire de la mortalité générale*, 1844-1845, br. in-8. 3 fr.

DESPRÉS. *Des divisions congénitales des lèvres*, de la voûte et du voile du palais. 1842, in-8, br.   2 fr.

DESPRETZ. *Traité élémentaire de physique* (*ouvrage adopté par le Conseil de l'instruction publique*). 1836, 4ᵉ édit. 1 vol. in-8, et 17 pl., br.   10 fr.

DEUBEL. *De l'avortement spontané*. Strasbourg, 1834, in-4, br.   2 fr. 50

DEVAY. *Des instituts hygiéniques de Pythagore* et de leur influence sur les sociétés antiques. 1842, br. gr. in-8.   1 fr. 50

DEVAY ET GUILLERMOND. *Recherches nouvelles sur le principe actif de la ciguë* (conicine) et de son mode d'application aux maladies cancéreuses et aux engorgements de la matrice et du sein. 2ᵉ édition, 1 vol. in-8, 1853.   3 fr.

DEVERGIE (Alphonse). *Médecine légale théorique et pratique* avec le texte et l'interprétation des lois relatives à la médecine légale, revus et annotés par M. Dehaussy de Robécourt, conseiller à la cour de cassation. 1852, 3ᵉ édit., 3 vol. in-8.   23 fr.

Le *premier* volume traite : 1° certificats, rapports et consultations médico-légales ; 2° responsabilité médicale ; 3° mariage ; 4° séparation de corps ; 5° grossesse ; 6° avortement ; 7° accouchement ; 8° paternité, maternité, naissances précoces et tardives, superfétation ; 9° supposition, substitution d'enfant; 10° infanticides; 11° attentats à la pudeur; 12° maladies simulées; 13° aliénation mentale.

Le *second* volume traite : 1° coups et blessures volontaires et involontaires; 2° mort subite; 3° mort apparente; 4° époque de la mort; 5° putrefaction cadavérique; 6° autopsie; 7° exhumations; 8° identité; 9° suicide; 10° asphyxie en général; 11° asphyxie par submersion; 12° pendaison et strangulation; 13° combustion spontanée.

Le *troisième* volume traite les empoisonnements et toutes les questions de chimie légale.

DEVERGIE. *Recherches historiques et médicales sur l'origine, la nature et le traitement de la syphilis.* in 8.   1 fr.

DEVERGIE. *Notice sur le traitement simple antiphlogotique et rationnel des maladies vénériennes.* 1835, in-8.   1 fr.

DEVERGIE. *Incontinence d'urine et son traitement rationnel par la méthode des injections.* 1840, 1 vol. in-8.   2 fr.

DEVERGIE. *Catarrhe chronique.* Faiblesse et paralysie de la vessie. 1840, 1 vol. in-8.   2fr.

DEVERGIE. *Lettres sur la syphilis.* 1840-1841, br. in-8.   1 fr. 50

DEZEIMERIS. *Lettres sur l'histoire de la médecine* et sur la nécessité de l'enseignement de cette science, suivies de fragments sur l'histoire de la chirurgie, *amputation, bronchotomie, anévrysme, fractures en général.* 1838, 1 vol. in-8.   4 fr.

DOISY. *Flore du département de la Meuse.* 1835, 2 vol. in-18.   3 fr. 50

DOROSKO. *Recherches sur l'homœopathie.* 1839, 1 vol. in-8.   6 fr.

DOUBOVITSKI. *Reproduction fidèle des discussions* qui ont eu lieu sur la lithotripsie et la taille à l'Académie royal de Médecine en 1835. 1838, 1 vol. in-8.   3 fr.

DRAPIEZ. *Dictionnaire classique des sciences naturelles,* contenant un choix des meilleurs articles puisés dans tous les dictionnaires qui ont traité des sciences; augmenté des travaux et découvertes effectués depuis leur publication. 10 vol. gr. in-8, avec 200 pl. color. Bruxelles, 1837 à 1845.   100 fr.

DROUOT. *La vérité sur le traitement médical des cataractes et sur les résultats des opérations chirurgicales.* 1848, in-8.   1 fr. 25

DROUOT. *Des effets pernicieux du mercure.* (onguent napolitain, calomel, etc), et de quelques autres agents exclusivement appliqués au traitement des maladies des yeux. 1849, in-8.   1 fr. 25

DROUOT. *Traité médical des cataractes,* des névralgies, amauroses, etc., ou exposé des principes et des moyens de procurer la guérison des maladies qui causent le trouble, l'affaiblissement et la perte de la vue (sans opérations chirurgicales), 4° édit. 1 vol. in-8. 1858.   6 fr.

DUBOIS. *Matière médicale indigène,* ou Histoire des plantes médicinales qui croissent spontanément en France et en Belgique (ouvrage couronné par la Société de médecine de Marseille, en réponse à cette question : *Des ressources que la flore médicale indigène présente aux médecins de campagne ?*) 1848. 1 vol. in 8.   7 fr.

DUBOIS (d'Amiens). *Traité des études médicales* ou de la manière d'étudier et d'enseigner la médecine. 1840, 1 vol. in-8.   4 fr.

DUBOIS (d'Amiens). *Philosophie médicale ;* Examen des doctrines de Cabanis et de Gall. 1845. 1 vol. in-8.   5 fr.

DUBOIS (Amabic). *Manuel du malade à Vichy,* 1 vol. in-12. 1860.   2 fr. 50

DUBOUCHET. *Maladies des voies urinaires et des organes de la génération,* contenant la rétention d'urine, les rétrécissements de l'urèthre, les maladies de la glande prostate, de la vessie, des testicules, des vésicules séminales et des conduits spermatiques, des reins et des uretères; la stérilité et l'impuissance; le diabète sucré ou glycosurie; la gravelle et les calculs de la vessie. 10° édition, 1851, 1 vol. in-8.   5 fr.

DUCHESNE DUPARC, *Nouvelle prosopalgie* ou traité pratique des éruptions chroniques du visage (Couperose, mentagre, taches, tumeurs vasculaires), etc., etc. 1 vol. in-8.   3 fr.

DUFRESSE-CHASSAIGNE. *Traité du strabisme et du bégaiement*. 1841, 1 vol. in-8, fig.   2 fr.

DUGÈS. *Traité de physiologie comparée de l'homme et des animaux*. 1838, 3 vol. in-8. fig.   10 fr.

DUPARCQUE. *Traité des maladies de la matrice* 1839, 2 vol. in-8, 2ᵉ édition.   12 fr.

DUPIERRIS (Martial). *Mémoire sur les rétrécissements organiques du canal de l'urèthre* et sur l'emploi de nouveaux Instruments de scarification et d'incision pour obtenir la cure radicale de cette maladie ; 2ᵉ édition. 1847, 1 vol. in-8, avec 19 figures.   5 fr.

DUPUYTREN. *Leçons orales de clinique chirurgicale* faites à l'Hôtel-Dieu de Paris, par le baron Dupuytren, chirurgien en chef, recueillies et publiées par MM. les docteurs Brierre de Boismont et Marx, 1839, 2ᵉ édition entièrement refondue, 6 volumes in-8.   14 fr.

DURAND-FARDEL. *Traité thérapeutique des eaux minérales* de France et de l'étranger, et de leur emploi dans les maladies chroniques, telles que les scrofules, les maladies de la peau, les affections catarrhales, la phthisie, le rhumatisme, la goutte, la dyspepsie, la gastralgie, l'entérite, les maladies du foie, les calculs biliaires, la gravelle, le catarrhe vésical, les maladies de la matrice, les paralysies, la syphilis, la chlorose, les fièvres intermittentes, l'albuminurie, le diabète, etc. 1857, 1 vol. in-8 de 774 pages, avec carte coloriée.   8 fr.

DURAND-FARDEL. *Traité pratique des maladies des vieillards*. 1854, 1 fort vol. in-8 de 924 pages.   9 fr.

DURAND-FARDEL. *Traité du ramollissement du cerveau* (ouvrage couronné par l'Académie de médecine). 1843, 1 vol. in-8.   7 fr.

DURIAGE. *De l'homœopathie*, ses avantages et ses dangers. 1834, 1 vol. in-8.   4 fr. 50

EDWARDS et VAVASSEUR. *Nouveau formulaire pratique des hôpitaux*. 4ᵉ édit., revue, corrigée et augmentée, par M. Mialhe, 1841, 1 vol. in-32.   3 fr. 50

ETOC-DEMAZY. *Recherches statistiques sur le suicide*, appliquées à l'hygiène publique et à la médecine légale. 1844, 1 vol. in-8.   4 fr. 50

FABRE. *Dictionnaire des dictionnaires de médecine français et étrangers*, avec un volume supplémentaire rédigé sous la direction du docteur Ambroise Tardieu. 1851, 9 vol. in-8. (*Voir page 4.*)   45 fr.

FABRE. *Choléra-morbus*. Guide du médecin praticien dans la connaissance et le traitement de cette maladie, suivi d'un dictionnaire de thérapeutique et d'un formulaire spécial. 1854, 1 vol. in-8.   5 fr.

FABRE D'OLIVET. *Notions sur le sens de l'ouïe en général et en particulier sur le développement de ce sens opéré*, chez Rodolphe Grivel, et chez plusieurs autres enfants sourds-muets de naissance. 2ᵉ édition augmentée. 1819, 1 vol. in-8.   2 fr.

FABRE-TERRENEUVE, *La nouvelle agnodice* ou Précis de médecine. 1830, 1 vol. in-8.   1 fr.

FALLOT. *Mémorial de l'expert dans la visite sanitaire des hommes de guerre*, etc. 1837, 1 vol. in-8.   6 fr.

FAURE, *Observations sur l'iris*, sur les pupilles artificielles et sur la kératonyxis, 1819, in-8.   1 fr. 50

FERMOND. *Monographie des sangsues médicinales*, contenant la description, la reproduction, l'éducation, la conservation, les maladies, l'emploi, le dégorgement de ces annélides. 1854, 1 vol. in-8 de 520 pages, avec 36 figures.   6 fr.

FERMOND. *Monographie du tabac*, contenant l'historique, les propriétés thérapeutiques, physiologiques et toxicologiques, les diverses espèces, sa culture, sa préparation, son analyse chimique, ses falsifications, etc. 1857, 1 vol. in-8.   5 fr.

FERMOND. *Études sur la symétrie*, considérée dans les trois règnes de la nature. 1856, 1 vol. In-8.   2 fr. 50

FERRUS. *Des prisonniers*, de l'emprisonnement et des prisons, 1850, 1 vol. in-8,   7 fr.

FERRUS. *De l'expatriation pénitentiaire*, pour faire suite à l'ouvrage précédent. 1853, 1 vol. in-8.   3 fr.

FIGUIER et NANCE. *Nouvelle pharmacopée de Londres* ou Codex officiel d'Angleterre, traduction par MM. Figuier et Nance. 1841, 1 vol. in-32.   2 fr.

FILHOS. *De la cautérisation du col de l'utérus avec le caustique solidifié de potasse et de chaux.* 1847, in-8.   1 fr. 50

FILHOS. *Considérations pratiques sur les affections du col de l'utérus.* 1847, in-8.   2 fr.

FILHOS. *Considérations pratiques sur le cancer du sein et la diathèse cancéreuse.* 1855, in-8, br.   2 fr.

FLORIO. *Description historique, théorique et pratique de l'ophthalmie purulente*, observée de 1835 à 1839 dans l'hôpital militaire de Saint-Pétersbourg, 1841, 1 vol. in-8, avec 22 fig. col.   7 fr.

FODÉRÉ. *Essai médico-légal sur diverses espèces de folie.* 1832, 1 vol. in-8.   3 fr. 50

FORGET. *Traité de l'entérite folliculeuse* (fièvre typhoïde). 1 vol. in-8, 1841.   4 fr.

FOSSATI. *Manuel pratique de phrénologie*, ou physiologie du cerveau, d'après les doctrines de Gall, Spurzheim, Combe, etc. 1845, 1 vol. gr. in-18, avec 45 fig.   6 fr.

FOTHERGILL. *Remarques sur l'hydrocéphale interne*, ou hydropisie des ventricules du cerveau, trad. de l'anglais. 1807, in-8.   1 fr. 25

FOURCADE-PRUNET. *Maladies nerveuses des auteurs*, rapportées à l'irritation de l'encéphale, des nerfs cérébro-rachidiens et splanchniques, avec ou sans inflammation. 1826, 1 vol. in-8.   4 fr.

FOURCAULT. *Sa biographie.* 1845, br. in-4.   1 fr.

FOURCAULT. *Causes générales des maladies chroniques*, spécialement de la phthisie pulmonaire, avec l'exposé des recherches expérimentales sur les *fonctions de la peau*, suivies de l'hygiène des personnes prédisposées aux maladies chroniques et spécialement à la *phthisie pulmonaire*, ou moyens de prévenir le développement de ces affections. 1844, 1 vol. In-8.   7 fr.

On vend séparément l'*hygiène* des personnes prédisposées aux maladies chroniques et à la *phthisie pulmonaire*. 1844, 1 vol. in-8.   3 fr. 50

FOURCAULT. *Du choléra épidémique.* 1849, In-8, br.   2 fr.

FOURNET. *Recherches cliniques sur l'auscultation des organes respiratoires et sur la première période de la phthisie pulmonaire*, faites dans le service de M. le prof. Andral. 1839, 2 vol. in-8.   8 fr.

FOURNIER. *Études cliniques sur les douches oculaires et la glace appliquées au traitement des phlegmasies de l'œil.* 1857, in-8, br.   2 fr.

FOVILLE. *Déformation du crâne résultant de la méthode la plus géné-*
rale de couvrir la tête des enfants. 1834, in-8 de 74 pages, avec 12 fig.
2 fr. 50

FOY. *Traité de matière médicale et de thérapeutique,* appliquée à chaque
maladie en particulier, 1843, 2 vol. in-8 de 1456 pages.   14 fr.

FOY. *Formulaire des médecins praticiens,* contenant : 1° les formules des hôpitaux civils et militaires, français et étrangers ; 2° l'examen et l'interrogation des
malades ; 3° un mémorial raisonné de thérapeutique ; 4° les secours à donner aux
empoisonnés et aux asphyxiés ; 5° la classification des médicaments, d'après leurs
effets thérapeutiques ; 6° un tableau des substances incompatibles ; 7° l'art de formuler. 4° édition, 1844, 1 vol. i 18.   3 fr. 50

FOY. *Manuel d'hygiène publique et privée,* ou Histoire des moyens propres
à conserver la santé et à perfectionner le physique et le moral de l'homme. 1845,
1 vol. grand in-18.   4 fr. 50

FOY. *Mémorial de thérapeutique à l'usage des médecins praticiens,* contenant la médecine, la chirurgie, les accouchements. 1861, 1 vol. in-8. (*Sous
presse.*)

FOY. *Choléra-morbus.* Premiers secours à donner aux cholériques avant l'arrivée
du médecin. 1849, 1 vol. in-18.   1 fr. 25

FRANC, *Observations sur les rétrécissements de l'urèthre par cause trau-*
matique et sur leur traitement. 1840, 1 vol. in-12.   1 fr. 50

FRANCK (Joseph). *Traité de pathologie interne,* traduit du latin, par Bayle,
agrégé de la Faculté de médecine de Paris. 1838-1845, 6 vol. in-8.   20 fr.

GAIRAL. *Du strabisme.* 1840, in-8 br.   2 fr. 50

GAIRAL, *Recherches sur la surdité,* considérée sous le rapport de ses causes et
de son traitement, et méthode nouvelle pour la cautérisation de la trompe d'Eus-
tache. 1836, in-8.   1 fr. 50

GAIRAL. *Amputation partielle de la main.* 1833, in-8, br.   1 fr. 25

GALLOT. *Recherches sur la teigne,* suivies des moyens curatifs nouvellement
employés pour la guérison de cette maladie. Paris, 1803, in-8 br.   2 fr.

GALTIER. *Traité de matière médicale* et des indications thérapeutiques des
médicaments. 1839, 2 vol. in-8.   10 fr.

GARIOT. *Traité des maladies de la bouche.* d'après l'état actuel des connaissances en médecine et en chirurgie, etc., etc. 1 vol. in 8, relié (*rare*).   12 fr.

GARNIER (Jules). *Une visite à la voirie de Montfaucon,* considérée sous le
point de vue de la salubrité publique. 1844, 1 vol. in-12.   1 fr.

GASTÉ. *Abrégé de l'histoire de la médecine,* considérée comme science et comme
art, dans ses progrès et son exercice, depuis son origine jusqu'au xix° siècle. 1835,
1 vol. in-8.   4 fr.

GAUDET. *Recherches sur l'usage et les effets hygiéniques et thérapeu-*
tiques des bains de mer. 3° édit., 1845, 1 vol. in-8.   6 fr.

GAULTIER DE CLAUBRY. *De l'identité du typhus et de la fièvre typhoïde.*
1844, 1 vol, in-8.   3 fr.

GAUSSAIL. *De la fièvre typhoïde,* de sa nature et de son traitement. Paris, 1839,
in-8.   3 fr. 50

GAUTHERIN. *L'art de formuler* ou tableau synoptiques des doses des médicaments
et des formes pharmaceutiques sous lesquelles ils doivent être administrés, 2° édition augmentée d'un formulaire pratique contenant les formules les plus généralement employées dans les hôpitaux de Paris. 1838, 1 vol. in-18.   2 fr.

GAUTHIER. *Recherches historiques sur l'exercice de la médecine dans les*
temples, chez les peuples de l'antiquité. 1844, 1 vol. in-12.   3 fr. 50

GAY-LUSSAC. *Recherches sur les maladies vénériennes primitives,* Considérées sur l'homme doué d'une saine constitution. 1803, br. in-8.   1 fr.

GAY-LUSSAC. *Cours de chimie professé à la Faculté des sciences.* Histoire des sels, la chimie végétale et animale. 1835, 2 vol. in-8.   7 fr.

GAY-LUSSAC. *Instruction sur l'essai des matières d'argent par la voie humide;* suivie des documents officiels relatifs à la rectification en France, du mode d'essai des matières d'or et d'argent, généralement suivi en Europe. 1830-1832, 2 vol. in-4 avec 48 fig.   10 fr.

GELEZ. *Histoire générale des membranes séreuses et synoviales,* les Bourses muqueuses, des kystes, sous le rapport de leur structure, de leurs fonctions, de leurs affections et de leur traitement. 1845, 1 vol. in-8.   6 fr.

GILY. *Recherches sur l'emploi d'un nouveau procédé de suture contre les divisions de l'intestin,* et sur la possibilité de l'adossement de cet organe avec lui-même dans certaines blessures. 1844, in 8, avec 21 fig.   2 fr. 50

GENDRIN. *De l'influence des âges sur les maladies.* 1840, in-8.   2 fr.

GENDRIN. *Histoire anatomique des inflammations.* 1826, 2 volumes in-8,   10 fr.

GENDRIN. *Traité philosophique de médecine pratique.* 1838-43. 3 volumes in-8.   21 fr.

GENDRON. *Mémoire sur les fistules de la glande parotide et de son conduit excréteur.* 1820, br. in-8.   1 fr.

GEOFFROY. *Hygiène,* ou Art de conserver la santé; poëme latin traduit en vers français avec des notes, par M. Lequenne-Cousin. 1839, 1 vol. in-8.   6 fr.

GEOFFROY SAINT HILAIRE. *Histoire naturelle des mammifères,* comprenant quelques vues préliminaires de l'histoire naturelle, et l'histoire des singes, des makis, des chauves-souris et de la taupe. 1834, 1 vol. in-8.   8 fr.

GEORGII. *Kinésithérapie,* ou traitement des maladies par le mouvement, d'après le système de Ling, et suivi d'un abrégé de l'éducation physique des enfants. 1847, in-8, br.   2 fr.

GERHARDT. *Précis de chimie organique.* 1844-1845, 2 vol. in-8.   7 fr.

GINTRAC (E.). *Cours théorique et clinique de pathologie interne et de thérapie médicale,* 1853-1859, 5 vol. gr. in-8 de 2250 pages.   35 fr.
— Les tomes 4 et 5 se vendent séparément.   14 fr.

Dans les trois premiers volumes, l'auteur consacre d'abord un chapitre à des *notions prélimi-naires* sur les bases et l'origine de la médecine, puis un autre à un *précis de Bionomie* dans lequel il expose les phénomènes et les lois de l'organisme; enfin, il aborde *la pathologie et la thérapie générales.* Après avoir exposé les généralités de la pathologie et les généralités de la thérapie, l'auteur parle des maladies en général : 1° lésions congéoitales, monstruosités; 2° lésions mécaniques, chimiques et toxiques; 3° lésions vitales et organiques.
Dans les 4e et 5e volumes, l'auteur traite les fièvres éruptives et exanthèmes aigués, et les maladies euthanées chroniques.

GINTRAC (E.). *Observations et recherches sur la cyanose ou maladie bleue.* Paris, 1824, 1 vol. in-8.   4 fr.

GINTRAC (E.). *Mémoires et observations de médecine clinique et d'anatomie pathologique.* 1830, 1 vol. in-8, fig.   4 fr.

GINTRAC (E.). *Observations sur les principales eaux sulfureuses des Pyrénées.* 1841, in-8, br.   1 fr. 25

GINTRAC (E.). *Recherches sur l'oblitération de la veine porte* et sur les rapports de cette lésion avec le volume du foie et la sécrétion de la bile. 1856, in-8.   1 fr. 50

GINTRAC (E.). *Note sur un monstre exencéphalien (pleurencéphale).* 1856, in-8.   1 fr.

GINTRAC (E.). *Étude anatomo-pathologique sur l'hydroméningocélie.*
1860, in 8.   1 fr.

GINTRAC (E.). *Considérations sur la cyclocéphalie.* 1860, in-8.   1 fr.

GINTRAC (Henri). *Essai sur les tumeurs solides intra-thoraciques.* 1845,
in-4, br.   1 fr. 50

GINTRAC (Henri). *Études sur les effets thérapeutiques du tartre stibié à
haute dose.* 1851, 1 vol. in-8.   3 fr. 50

GIRAUDEAU DE SAINT-GERVAIS. *Guide pratique pour l'étude et le traitement des maladies de la peau.* 1842. 1 vol. in-8, avec 30 fig. col.   6 fr.

GIRAUDEAU DE SAINT-GERVAIS. *Traité des maladies syphilitiques.* 2e édit.
1840, 1 vol. in-8, fig.   7 fr. 50

GODINE. *Éléments d'hygiène vétérinaire,* suivis de recherches sur la morve, le
cornage, la pousse et la cautérisation. 1815, 1 vol. in-8.   3 fr. 50

GOHIER. *Nouvel appareil pour le traitement des fractures du col du
fémur.* 1835, in-8, avec 11 fig.   1 fr. 50

GONDRET. *Mémoire sur le traitement de la cataracte.* 1828, br. In-8.   2 fr.

GOYRAND. *Mémoire sur la fracture par contre-coup de l'extrémité inférieure du radius.* 1836, in-8, avec 14 fig.   1 fr. 50

GRODDECK. *De la maladie démocratique,* nouvelle espèce de folie, traduit de
l'allemand. 1850, in-8, de 64 pag.   1 fr. 25

GROS. *Note sur l'œil de la baleine,* présentée au Congrès ophthalmologique de
Bruxelles. 1858, in-8, fig.   75

GROSOURDY (de). *Chimie médicale.* Traité de chimie considérée dans ses applications à la médecine, tant théorique que pratique. 1838-1839, 2 vol. in-8.   6 fr.

GUÉPIN. *Suppression de la syphilis,* pétition à la Chambre des députés. 1846,
in-8, br.   1 fr. 50

GUÉPIN. *L'œil et la vision ;* étude physiologique. 1856, in-8.   1 fr. 50

GUÉPIN. *Nouvelles études théoriques et cliniques sur les maladies des
yeux,* l'œil et la vision. 1er fascicule. 1857, in-8, br.   2 fr. 50

GUERBOIS. *Des complications des plaies après les opérations,* contenant le
tétanos, la commotion, la douleur, la phlébite, l'érysipèle, etc. 1836, in-8,
br.   2 fr. 50

GUILLOT (Nathalis). *La lésion, la maladie* (thèse de concours pour la chaire de
pathologie médicale). 1851, in-8.   2 fr. 50

GUISLAIN (J.). *Traité sur l'aliénation mentale et sur les hospices des
aliénés.* Amsterdam, 1826, 2 vol. in-8, avec 42 pl.   10 fr.

GUYÉTANT. *Conseils aux femmes* ou moyens de se préserver et de se guérir
de la leucorrhée. 1836, 1 vol. in-12.   1 fr. 50

HALLER. *Elementa physiologiæ corporis humani,* Lausanne. 1757, 9 vol.
in-4, rel.   50 fr.

HALLER. *Auctarium ad elementa physiologiæ corporis humani.* Lausanne.
1782, 4 fascicules in-4.   15 fr.

HAMILTON. *Observations sur les avantages et l'emploi des purgatifs dans
plusieurs maladies,* trad. de l'angl. par Lafisse. 1825, 1 vol. in-8.   3 fr. 50

HAREL DU TANCREL. *Thérapeutique de la phthisie pulmonaire,* 1830,
in 8 br.   2 fr.

HAXO. *Fécondation artificielle et éclosion des œufs de poissons.* 1853,
in-8, br.   2 fr. 50

HENRY (Ossian) père et fils. *Traité pratique d'analyse chimique des eaux minérales* potables et économiques, avec leurs principales applications à l'hygiène et à l'industrie. Considérations générales sur leur formation, leur thermalité, leur aménagement, etc. Fabrication des eaux minérales artificielles, etc. 1859, 1 vol. ln-8 de 680 p. avec 131 fig. Intercalées dans le texte.   12 fr.

HENRY fils (Ossian). *Essai sur l'emploi médical et hygiénique des bains,* in-4. 1855.   3 fr. 50

HENRY fils (Ossian). *Recherches chimiques et médicales sur les matières organiques des eaux sulfureuses (barégines et sulfuraires).* 1860, in-8.   1 fr. 50

HENRY fils (Ossian). *Des radicaux composés,* (thèse pour l'agrégation), in-8. 1860.   2 fr.

HENRY fils (Ossian) et CHEVALLIER fils. *Études chimiques médico-légales sur le phosphore,* in-8. 1857.   1 fr. 50

HENRY fils (Ossian) et HUMBERT (Em.). *Recherches chimiques et médico-légales, sur l'acide cyanhydrique et ses composés dans les arts,* in-8. 1857.   1 fr.

HENRI fils (Ossian) ET HUMBERT (Em.). *Nouvelle méthode analytique pour connaitre l'iode et le brome;* recherches de ces métalloïdes dans les eaux minérales, leur présence dans l'eau de Vichy, in-8. 1857.   1 fr.

HENRY fils (Ossian) et REVEIL. *Notice sur les eaux, les eaux mères et les sels de Salies* (Béarn). 1860, in-8.   1 fr. 50

HERNANDEZ. *Essai sur le typhus, ou sur les fièvres dites malignes, putrides, bilieuses, muqueuses, jaunes, la peste,* 1 vol. in-8. 1816.   3 fr.

HILDENBRAND. *Manuel de clinique médicale, ou principes de clinique interne,* traduit du latin et augmenté d'une préface, de notes historiques, critiques, dogmatiques et pratiques, par Dupré. 1849, 1 vol. in-12.   3 fr. 50

HILDENBRAND. *Médecine pratique,* traduite du latin, avec un discours sur l'histoire des cliniques et des notes par A. Gautier. 1824, 2 vol. in-8.   6 fr.

HILLAIRET (J.-E.) *Notice sur l'empoisonnement par l'arsenic,* sur l'emploi de l'appareil de Marsh et des autres moyens de doser ce toxique. 1847, br. in-8. 2 fr.

HIPPOCRATE. *Aphorismes latins-français tirés des documents de la bibliothèque du Roi,* par MM. Quenot et Wahn, 1 vol. in-18. 1843.   1 fr. 50

HOUEL. *Manuel d'anatomie pathologie générale et appliquée,* contenant le catalogue et la description des pièces déposées au musée Dupuytren, 1857, 1 vol. in-18, de 857 pag.   7 fr.

HOUEL. *Des plaies et des ruptures de la vessie.* (Concours pour l'agrégation en chirurgie). 1857, in-8, br.   2 fr.

HOUEL. *Mémoire sur l'encéphalocèle congénitale.* 1859, in-8, br.   1 fr. 25

HOUEL. *Des tumeurs du corps thyroïde.* (Concours d'agrégation), In-8. 1860.   2 fr.

HUFELAND. *Manuel de médecine pratique,* fruit d'une expérience de 50 ans, suivi de considérations pratiques sur la saignée, l'opium et les vomitifs, traduit de l'allemand par le docteur Jourdan, 2e édition corrigée et augmentée d'un Mémoire sur les fièvres nerveuses. 1848, 1 vol. in-8 de 750 pages.   8 fr.

HUREAUX. *Manuel de la médecine et de la pharmacie réformées,* contenant: 1° Le répertoire de matière médicale, avec le prix rationnel des médicaments les plus utiles; suivi d'une instruction sur l'art de conserver et d'embellir la santé par les soins de l'hygiène privée et par l'usage de la parfumerie pharmaceutique; 2° le memento du médecin praticien, donnant l'indication concise du traitement des maladies; 3° la médecine éliminative, ou l'art de guérir avec certitude, enseigné par la nature, 2 vol. in-8, 1859-1860.   2 fr.

— *On vend séparément* la médecine éliminative ou l'art de guérir avec certitude enseigné par la nature, 1 vol. in-8, formant le tome II, du manuel de la médecine et de la pharmacie réformées.   1 fr.

HUTIN. *Étude de la stérilité chez la femme* (clinique de Plombières). 1859, in-8, br.   2 fr. 50

HUTIN. *Guide des baigneurs aux eaux minérales de Plombières.* 4e édit. 1856, 1 vol. in-18.   2 fr.

HUTIN. *Examen pratique des maladies de matrice,* 1 vol. in-8.   4 fr.

IMBERT. *Traité pratique des maladies des femmes,* par F. Imbert, ex-chirurgien en chef de la Charité de Lyon. 1840, 1 vol. in-8.   6 fr.

ISAMBERT. *Études chimiques, physiologiques et cliniques sur l'emploi thérapeutique du chlorate de potasse,* spécialement dans les affections diphthéritiques (croup, angine couenneuse, etc.). 1856, 1 vol. In-8.   2 fr. 50

ISNARD. *Aide-mémoire de l'opérateur,* comprenant les opérations élémentaires, les ligatures, d'artères les amputations dans la contiguité et dans la continuité des membres et les résections des extrémités articulaires. 1849, 1 vol. in 18, avec 60 planches représentant 213 sujets.   5 fr.

JACQUEMIER. *Manuel des accouchements et des maladies des femmes grosses et accouchées,* contenant les soins à donner aux nouveau-nés. 1846, 2 vol. gr. In-18 de 1520 pag. avec 63 fig. dans le texte.   9 fr.

JACQUEMIER. *Développement de l'œuf humain.* 1851, in-8.   1 fr. 25

JACQUEMIER. Voyez NAEGELÉ.

JAMAIN. *Nouveau traité élémentaire d'anatomie descriptive et de préparations anatomiques,* par M. le docteur Jamain, chirurgien des hôpitaux, suivi d'un *Précis d'embryologie,* par M. Verneuil, agrégé et chirurgien des hôpitaux, 2e édition. 1861, 1 vol. grand in-18 de 900 pages avec 200 fig. intercalées dans le texte.   12 fr.

JAMAIN. *Manuel de petite chirurgie contenant les pansements,* les médicaments topiques, les bandages, les appareils de fractures et des affections articulaires, l'application des bandages herniaires et des pessaires, les pansements des plaies, des hémorrhagies, de la gangrène, des brûlures, des ulcères, la rubéfaction, la vésication, la cautérisation, les ponctions, la vaccination, les incisions, la saignée, les ventouses, le cathétérisme, l'extraction des dents, les agents anesthésiques, etc. 1860, 3e édition refondue. 1 vol. gr. In-18 de 716 pages, avec 307 fig.   7 fr.

JAMAIN. *Manuel de pathologie et de clinique chirurgicales.* 1859, 2 vol. gr. in-18.   14 r.

JAMAIN. *De l'exstrophie ou extroversion de la vessie.* 1845, In-4, br.   1 fr. 50

JAMAIN. *De l'hématocèle du scrotum.* 1853, In-8, br.   2 fr. 50

JAMAIN. *Archives d'ophthalmologie,* comprenant les travaux les plus importants sur l'anatomie, la physiologie, la pathologie, la thérapeutique et l'hygiène de l'appareil de la vision. 1853 1856, 6 vol. in-8, fig.   20 fr.

JAMAIN. *Des plaies du cœur* (thèse d'agrégation). 1857, in-8, br.   2 fr.

JAMAIN et WAHU. *Annuaire de médecine et de chirurgie pratiques,* de 1846 à 1860, résumé des travaux pratiques les plus importants publiés en France et à l'étranger de 1845 à 1860. 16 vol. gr. in-32. Chaque.   1 fr. 25

JARJAVAY. *De l'influence des efforts sur la production des maladies chirurgicales.* 1847, In-8 de 72 pages.   2 fr.

JEANNEL (J.). *Excursion en Circassie.* 1856, in 12.   1 fr. 50

JEANNEL (J.). *Remarques critiques* sur la classification de l'homme en histoire naturelle et sur la limite de l'espèce humaine. 1859, in-8.   1 fr.

JEANNEL (Ch.). *Réponse à un médecin* qui s'est plaint que, dans la discussion d'une thèse sur le spiritualisme de Gassendi, Il n'ait pas été question du double dynamisme de l'école de médecine de Montpellier. 1858, in-8.   1 fr.

JENNER. *De la non-identité du typhus et de la fièvre typhoïde,* on recherches sur le typhus, la fièvre typhoïde, la fièvre à rechute (Relapsing fever) et la fièvre simple continue (febricula) traduit par M. le docteur Verhaeghe, chirurgien de l'hôpital civil d'Ostende, 2 vol. in-8. 1852-1853.   7 fr.

JOBERT (de Lamballe). *Traité théorique et pratique des maladies chirurgicales du canal intestinal.* 1829, 2 vol. in-8.   6 fr.

JOBERT (de Lamballe). *Études sur le système nerveux,* 2 vol. in-8. 1838. 7 fr.

JORDAN (Joseph). *Traitement des pseudarthroses par l'autoplastie périostique,* 1 vol. in-4, avec 3 pl. 1860.   3 fr. 50

JOSAT. *De la mort et de ses caractères;* nécessité de reviser la législation des décès pour prévenir les inhumations précipitées; ouvrage entrepris sous les auspices du gouvernement et couronné par l'Institut. 1854, 1 vol. in-8.   7 fr.

JOSAT. *Recherches historiques sur l'épilepsie.* 1856, in-8.   2 fr.

JOUOT (Philibert). *De l'amaurose au point de vue pratique.* 1850, br. in-8.   2 fr.

JULIA DE FONTENELLE. *Recherches médico-légales sur l'incertitude des signes de la mort,* les dangers d'inhumations précipitées, les moyens de constater les décès et de rappeler à la vie ceux qui sont en état de mort apparente. 1834, 1 vol. in-8.   3 fr. 50

KAEMTZ. *Cours complet de météorologie,* traduit et annoté par Ch. Martins, avec un appendice contenant la représentation graphique des tableaux numériques, par L. Lalanne, 1 vol. in-12, 1858.   5 fr.

KRAMER. *Traité pratique des maladies de l'oreille,* traduit de l'allemand, avec des notes, par M. le docteur Ménière, médecin de l'Institution Impériale des sourds-muets de Paris. 1848, 1 vol. in-8 de 544 pages avec 5 fig.   7 fr.

KUNTZLL. *État de la médecine,* position des médecins, garanties sanitaires du peuple en France et plan d'organisation médicale. 1846, 1 vol. in-12.   2 fr.

LABAT. *Parallèle du choléra sporadique et du choléra morbus asiatique,* in-8.   1 fr.

LABAT. *Considérations pratiques sur la chlorose.* in-8, 1833.   1 fr.

LABAT. *De la fissure à l'anus* et de sa cure radicale par le moyen du sphinctérotome, in-8.   1 fr.

LABAT. *De la cyanose* ou des affections diverses dans lesquelles la peau présente une coloration bleue, in-8, 1833.   1 fr.

LA BEAUME. *Du galvanisme appliqué à la médecine,* traduit par Fabré-Palaprat, 1 vol. in-8, 1828.   3 fr. 50

LACHAISE. *Précis physiologique sur les courbures de la colonne vertébrale.* 1827, 1 vol. in-8, avec 6 planches.   3 fr.

LACROIX (E.). *Des érysipèles.* 1847, in-4, br.   1 fr. 50

LACROIX (E.). *Antéversion et rétroversion de l'utérus.* 1844, in-8. 3 fr. 50

LAFORGUE. *L'art du dentiste* on Manuel des opérations de chirurgie, qui se pratiquent sur les dents, etc. 1802, 1 vol. in-8.   3 fr. 50

LAMARCK (J.-B.-P.-A.). *Système analytique des connaissances positives de l'homme.* 1830. 1 vol. in-8.   6 fr.

LAMBERT. *Traité sur l'hygiène et la médecine des bains russes et orientaux*, à l'usage des médecins et des gens du monde. 1841, 1 vol. in-8.   5 fr.

LANDOUZY. *Mémoire sur l'épidémie de typhus carcéral qui a régné à Reims en 1839 et 1840*, in-8, 1842.   2 fr.

LANDOUZY. *Mémoire sur les procédés acoustiques de l'auscultation* et sur un nouveau mode de stéthoscopie applicable aux études cliniques, 1841, in-8.
    1 fr. 25

LANDOUZY. *Affaiblissement de la vue considéré comme symptôme de la néphrite albumineuse*, 1849. Deux mémoires in-8.   2 fr.

LARTIGUE. *De l'angine de poitrine* (couronné par la Société de médecine de Bordeaux). 1846, 1 vol. in 12.   2 fr. 50

LARTIGUE. *Observations pratiques* sur les effets des pilules de Lartigue contre la goutte et le rhumatisme. 1859, br. in-8.   1 fr.

LATERRADE. *Code expliqué des pharmaciens*, ou Commentaires sur les lois et la jurisprudence en matière pharmaceutique. 1834, 1 vol. in-18.   3 fr. 50

LAUGIER. *Des cals difformes et des opérations qu'ils réclament* (thèse de concours). 1841, in-8, fig., br.   2 fr. 50

LAVORT. *Précis de pathologie générale,* de nosologie et de méthode d'observation. 1846, 1 vol. in-18.   5 fr.

LAWRENCE. *Traité pratique sur les maladies des yeux*, traduit de l'anglais avec des notes, et suivi d'un précis de l'anatomie pathologique de l'œil, par le docteur Billard (d'Angers). 1830, 1 vol. in-8.   7 fr.

LEBLANC. *Traité des maladies des yeux*, observées sur les principaux animaux domestiques, principalement le cheval, contenant les moyens de les prévenir et de les guérir. 1824, 1 vol. in-8.   7 fr.

LEBLOND. *Recherches d'anatomie et de physiologie sur un embryon monstrueux de la poule domestique circonscrit dans l'existence solitaire d'un cœur*, 1834, in-8, fig.   1 fr.

LEBLOND. *Quelques matériaux pour servir à l'histoire des filaires et des strongles*, in-8, 1836.   1 fr. 25

LEBRET. *Mémoire sur le scorbut de l'armée d'Orient*, observé et traité à l'hôpital thermal de Balaruc (Hérault), 1857, in-8.   1 fr. 50

LECANU. *Études chimiques sur le sang humain.* 1837, th. in-4.   2 fr. 50

LECOEUR (de Caen). *Des bains de mer.* Guide médical et hygiène du baigneur. 1846, 2 vol. in-8.   10 fr.

LECOQ. REY, TISSERANT, TABOURIN. *Dictionnaire général de médecine et de chirurgie vétérinaires et des sciences qui s'y rattachent.* Anatomie, physiologie, pathologie, chirurgie, physique, chimie, botanique, matière médicale, pharmacie, économie, etc., etc. 1850, 4 vol. gr. in-8. ·   15 fr.

LECOQ et **BOISDUVAL.** *Taxidermie* ou Art d'empailler les oiseaux, les quadrupèdes, les reptiles et les poissons. 1826, 1 vol. in-12, fig.   3 fr. 50

LEFÈVRE. *De l'asthme,* recherches sur la nature, les causes et le traitement de cette maladie. 1847, in-8.   2 fr. 50

LE GENDRE. *Développement et structure du système glandulaire.* (Concours d'agrégation). 1856, in-8, fig.   2 fr.

LE GENDRE. *De la valeur comparée des différentes méthodes de traitement des fractures.* (Concours de l'agrégation en chirurgie.) 1857, in-8, br.
    1 fr. 50

LEGOUAS. *Nouveaux principes de chirurgie*, ou Éléments de zoonomie, d'anatomie et de physiologie, d'hygiène, de pathologie générale, de pathologie chirurgicale, de matière médicale et de médecine opératoire, 6e édit. 1836, 1 vol. in-8.
3 fr. 50

LEGRAND. *De l'analogie et des différences entre les tubercules et les scrofules.* 1849, 1 vol. in-8.
5 fr.

LEGRAND. *De l'action des préparations d'or sur notre économie et plus spécialement sur les organes de la digestion et de la nutrition.* 1849, in-8, br.
2 fr.

LÉLUT. *Le démon de socrate*, specimen d'une application de la science psychologique à celle de l'histoire. 1836, 1 vol. in-8, 1re édit.
2 fr.

LÉLUT. *Induction sur la valeur des altérations de l'encéphale dans le délire aigu et dans la folie*, 1836, in-8, br.
2 fr. 50

LÉLUT. *De l'organe phrénologique de la destruction chez les animaux.* 1838, 1 vol. in-8, avec 1 planche.
1 fr. 50

LÉLUT. *La phrénologie,* son histoire, ses systèmes et sa condamnation, 2e édition, 1 vol. in-12 avec planches, 1858.
2 fr. 50

LEMAIRE (Jules). *Du coaltar saponiné*, désinfectant énergique, arrêtant les fermentations. De ses applications à l'hygiène, à la thérapeutique, à l'histoire naturelle. 1860, in-8.
2 fr.

LEMBERT. *Essai sur la méthode endermique*, 1828, in-8, br.
2 fr.

LEPELLETIER (de la Sarthe). *Traité de l'érysipèle et des différentes variétés qu'il peut offrir.* 1836, 1 vol. in-8.
4 fr. 50

LEPELLETIER (de la Sarthe). *Traité complet sur la maladie scrofuleuse et les différentes variétés qu'elle peut offrir.* 1830, 1 vol. in-8.
7 fr.

LEPORT. *Guide pratique pour bien exécuter, bien réussir et mener à bonne fin l'opération de la cataracte par extraction supérieure.* 1 vol. in-12, 1860.
3 fr.

LEREBOURS. *Avis aux mères qui veulent nourrir leurs enfants.* 5e édition corrigée. An VII, 1 vol. in-18.
1 fr. 50

LERICHE. *De la consanguinité comme cause de la scrofule.* 1858, in-8.
» 75

LEROY. *Lettres philosophiques sur l'intelligence et la perfectibilité des animaux,* avec quelques lettres sur l'homme. 1802, 1 vol. in-8.
3 fr.

LEROY D'ÉTIOLLES. *Histoire de la lithotritie.* 2e édition augmentée d'une lettre sur les effets des eaux alcalines dans la gravelle et les calculs urinaires. 1839, 1 vol. in-8.
3 fr.

LÉVEILLÉ. *Histoire de la folie des ivrognes.* 1830, 1 vol. in-8.
6 fr.

LEVIEUX. *Études hygiéniques* sur l'élève des sangsues dans le département de la Gironde. 1853, br. in-8.
2 fr.

LHÉRITIER. *Du rhumatisme et de son traitement par les eaux thermominérales de Plombières.* 1853, 1 vol. in-8.
5 fr.

LHÉRITIER. *Des paralysies et de leur traitement par les eaux thermominérales de Plombières.* 1854, 1 vol. in-8.
5 fr.

LHÉRITIER et HENRY. *Hydrologie de Plombières.* 1855, 1 vol. in-8.
3 fr. 50

LHUILLIER. *Pneumonies anormales.* 1855, in-8.
1 fr. 25

LIONET. *De l'origine des hernies, et de quelques affections de la matrice;* moyens de combattre ces infirmités par l'éloignement des causes et l'application de nouveaux procédés mécaniques. 1847, 1 vol. in-8, avec 1 pl.
2 fr.

LIPPI (*Regulus*). *Illustrazioni fisiologiche et patologiche del sistema linfatico chilifero.* 1825, 1 vol. in-4, fig.   16 fr.

LISFRANC. *Des diverses méthodes et des différents procédés pour l'oblitération des artères dans le traitement des anévrysmes.* 1834, 1 vol. in-8.   3 fr. 50

LISFRANC. *Maladies de l'utérus*, d'après les leçons cliniques faites à l'hôpital de la Pitié, par M. le docteur Pauly. Paris, 1836, 1 vol. in-8.   6 fr.

LISFRANC. *Précis de médecine opératoire.* 1846-1847, 3 vol. in 8.   10 fr.

LORDAT. *Rappel des principés doctrinaux de la constitution de l'homme*, énoncés par Hippocrate, démontrés par Barthez et développés par son école, et application de ces vérités à la théorie des maladies. 1847, 1 vol. in-8.   12 fr.

LORRY. *De melancholia et morbis melancholicis.* 1765, 2 vol. in-8.   6 fr.

LOUYER-VILLERMAY. *Traité des maladies nerveuses* ou vapeurs, et particulièrement de l'hystérie, et de l'hypochondrie. 1816, 3 vol. in-8.   10 fr.

LUBANSKI. *De l'hydrothérapie* comme méthode révulsive et de ses applications contre les congestions chroniques. 1854, in-8.   1 fr.

LUBANSKI. *Études pratiques sur l'hydrothérapie*, d'après les observations recueillies à l'établissement de Pont-à-Mousson. 1847, 1 fort vol. in-8.   6 fr.

LUGOL. *Recherches et observations* sur les causes des maladies scrofuleuses. 1844, 1 vol. in-8   5 fr.

LUSARDI. *Ophthalmie contagieuse* 1831, in-8.   2 fr. 50

LUSARDI. *Essai physiologique sur l'iris, la rétine et les nerfs de l'œil* 1831, in-8.   2 fr. 50

MACARIO. *Traitement moral de la folie.* 1843, in-4.   1 fr. 50

MACARIO. *Du sommeil, des rêves et du somnambulisme* dans l'état de santé et de maladie, précédé d'une lettre de M. le docteur Cerise, 1 vol. in-8, 1857. 5 fr.

MACARIO. *Des paralysies dynamiques ou nerveuses.* 1859, in-8.   2 fr. 50

MACARIO. *Leçons sur l'hydrothéraphie*, professées à l'École pratique de médecine de Paris. 1860, 2e édit. 1 vol. in-18.   2 fr.

MAGENDIE. *Formulaire pour la préparation et l'emploi de plusieurs nouveaux médicaments.* 1836, 9e édit. 1 vol. in-12.   3 fr. 50

MAGENDIE. *Phénomènes physiques de la vie*, leçons professées au Collège de France. 1842, 4 vol. in-8.   10 fr.

MAHON. *Médecine légale et police médicale*, avec des notes par Fautrel. 1811, 3 vol. in-8.   7 fr.

MAISONABE. *Orthopédie clinique sur les difformités dans l'espèce humaine*, accompagnée de mémoires, 1834, 2 vol. in-8, fig.   7 fr.

MALGAIGNE. *Mémoire sur un nouveau moyen de prévenir l'inflammation après les grandes lésions traumatiques.* 1841, in-8 br.   1 fr. 50

MALGAIGNE. *Ponction dans l'hydrocéphale chronique.* 1840, in-8, br. 50 c.

MALGAIGNE. *Recherches historiques et pratiques sur les appareils dans le traitement des fractures.* 1841, in 8, br.   3 fr.

MALGAIGNE. *Mémoire sur la détermination des diverses espèces de luxations de la rotule, leurs signes et leur traitement.* 1836, in 8, 2 fr.

MALGAIGNE. Deuxième mémoire sur les étranglements herniaires. Des pseudo étranglements ou de l'inflammation simple dans les hernies, in 8, 1841.
1 fr. 50

MALGAIGNE. Du traitement des grands emphysèmes trauma'iques. 1842, br. in-8.
1 fr.

MALGAIGNE. Des tumeurs du cordon spermatique. (Thèse de concours de clinique chirurgicale.) 1848, in 8.
2 fr. 50

MALGAIGNE. Manuel de médecine opératoire fondée sur l'anatomie normale et l'anatomie pathologique. 1861, 7e édit., 1 vol. gr. in-18.   7 fr.

MALLAT DE BASSILAN. Guérison des douleurs et des paralysies par une méthode spéciale externe, avec des observations de cures obtenues : 1° dans les douleurs névralgiques, rhumatismales et goutteuses; 2° dans les entorses, les foulures, les tumeurs blanches, les ankyloses; 3' dans certaines paralysies et affections de la moelle épinière. 1857, 1 vol. in-8.
3 fr. 50

MANEC. Recherches anatomico-pathologiques sur la hernie crurale. Paris, 1826, in-4, fig.
2 fr. 50

MARCHESSAUX. Manuel d'anatomie générale, histologie et organogénie de l'homme. 1844, 1 vol. gr. In-18.
3 fr. 50

MARROTTE. Du régime dans les maladies aiguës. 1859, in-4.   3 fr. 50

MARTIN (Ferdinand). Essai sur les appareils prothétiques des membres inférieurs. 1850, 1 vol. in-8, avec 28 planches.
5 fr.

MARTIN (Ferdinand). Mémoire sur une nouvelle méthode de traitement des fractures du col et du corps du fémur (couronné par la Société centrale de médecine du Nord). 1855, in-8, avec 17 fig.
1 fr. 50

MARTIN (Joseph). Histoire pratique des saignées. 1845, 1 vol. in-8.   3 fr. 50

MARTIN (de Lyon). Mémoires de médecine et de chirurgie pratiques sur plusieurs maladies et accidents graves qui peuvent compliquer la grossesse, la parturition et les couches, etc. 1835, 1 vol. in-8.
3 fr.

MARTIN (V.) Manuel d'hygiène à l'usage des Européens qui viennent s'établir en Algérie. 1847, 1 vol. in-8.
3 fr. 50

MARTIN et FOLEY. Histoire statistique de la colonisation algérienne au point de vue du peuplement et de l'hygiène. 1851, 1 vol. in-8.   6 fr.

MARTIN SAINT-ANGE. Circulation du sang chez le fœtus de l'homme, 2e éd. aug., 1837, in-4 avec 15 fig. col.
2 fr. 50

MARTINET. Du traitement de la sciatique et de quelques névralgies par l'huile de térébenthine. 2e édition, revue et augmentée. 1829, 1 vol. in-8.
2 fr.

MARTINET. Manuel de clinique médicale, contenant la manière d'observer en médecine; 3e édition. 1837, 1 vol. in-18.
4 fr. 50

MASCAREL. Les maladies de l'appareil respiratoire devant les eaux du Mont-Dore, 1859, in-8, br.
1 fr. 50

MASUREL. Des fièvres intermittentes miasmatiques, de leur nature et de leur traitement. Théorie de l'intermittence. 1854, in-8, br.
1 fr. 50

MATTEUCCI. Traité des phénomènes électro-physiologiques des animaux, suivi d'études anatomiques sur le système nerveux et sur l'organe électrique de la torpille, par Paul Savi. 1844, 1 vol. in 8, fig.
6 fr.

MAUGENEST. Aperçu d'une organisation médicale rurale en France. 1854, br. in-8.
1 fr. 50

MAUNOURY et **SALMON.** *Manuel de l'art des accouchements*, précédé d'une description abrégée des fonctions et des organes du corps humain , et suivi d'un exposé sommaire des opérations de petite chirurgie les plus usitées, à l'usage des élèves sages-femmes qui suivent les cours départementaux. 1861 , 2ᵉ édition, corrigée et augmentée. 1 vol. in-8, avec 32 fig.   7 fr.

MAURY. *Traité complet de l'art du dentiste d'après l'état actuel des connaissances*, 3ᵉ édition, mise au courant de la science, avec des notes, par P. Gresset, 1841, 1 vol. in-8 et atlas in-8, de 42 pl. représentant 407 fig.   12 fr.

MAZIER. *Hygiène des enfants* contenant la manière de les gouverner et de les préserver de plusieurs maladies, particulièrement du croup, 1 vol. in-12. 1842.   2 fr.

MELLET. *Manuel pratique d'orthopédie* ou traité élémentaire sur les moyens de prévenir et de guérir toutes les difformités du corps humain. 1835, 1 vol. in-18.   3 fr. 50

MÉNIÈRE. *Traité des maladies de l'oreille.* (Voy. Kramer).

MÉNIÈRE. *De la guérison de la surdi mutité et de l'éducation des sourds-muets;* exposé de la discussion qui a lieu à l'Académie impériale de médecine, avec notes critiques, réflexions, additions, et un résumé général. 1855, 1 volume in-8.   5 fr.

MÉNIÈRE. *Études médicales sur les poëtes latins.* 1858, 1 vol. in-8.   6 fr.

MENVILLE. *Conseils aux femmes à l'époque de l'âge de retour.* 1839, in-8.   2 fr.

MÉRAT. *Traité de la colique métallique*, vulgairement appelée colique des peintres, des plombiers, de Poitou, etc. 2ᵉ édition. 1812, 1 vol. in-8.   2 fr. 50

MÉRAT. *Nouvelle flore des environs de Paris*, suivant la méthode naturelle , avec l'indication des vertus des plantes usitées en médecine. 4ᵉ édition. 1836, 2 vol. in-18.   7 fr.

MERCIER. *Appareils modelés ou nouveau système de déligation pour les fractures des membres*, précédé d'une histoire analytique et raisonnée des principaux appareils à fractures employés depuis les temps les plus reculés jusqu'à nos jours, 1 vol. gr. in-8, avec 82 pl. int. dans le texte. 1858.   10 fr.

MICHON. *Des tumeurs synoviales de la partie inférieure de l'a ant-bras,* de la face palmaire du poignet et de la main, 1851, 1 vol. in-8, 13 fig.   3 fr. 50

MIGNOT (Paul de). *Notes et observations pratiques* sur la dysenterie et la cholérine ; formules; etc. 1847, br. in-8.   1 fr.

MIRAULT. *Traité pratique de l'œil artificiel.* 1818, 1 vol. in-8, avec 23 fig. 3 fr.

MITSCHERLICH. *Éléments de chimie;* traduit de l'allemand, par L. Valérius. 1840, 3 vol. in-8.   12 fr.

MONTALLEGRY (de). *Hypochondrie, spleen ou névroses trisplanchniques.* Observations relatives à ces maladies et leur traitement radical , 1 volume, in-8. 1841.   2 fr. 50

MORAND. *Mémoires et observations cliniques de médecine et de chirurgie.* 1814, 1 vol. in-8.   2 fr. 50

MORDRET (Ambr.). *État actuel de la vaccine considérée au point de vue pratique et théorique*, et dans ses rapports avec les maladies et la longévité (couronné par l'Académie de médecine de Madrid). 1854, in-8 de 460 pages.   2 fr.

MOREAU. *Atlas de 60 planches sur l'art des accouchements.* Ces planches, exécutées d'après nature, par M. Émile Beau , sur les préparations anatomiques du docteur Jacquemier, ancien interne de la maison d'accouchement de Paris, sont deslinées à servir de complément à tous les traités d'accouchements. Prix de l'atlas complet et cartonné avec fig. noires. 25 fr.

— Avec fig. coloriées. 60 fr.

MOREAU. *Novisimas demostraciones acerca del arte de Los Partos*. Obra que sirve de complemento a todos los tratados de partos, y que contiene 60 hermosas laminas en folio, con un testo esplicativo. Traduccion castellana por D. Antonio Sanchez de Bustamente. 1846, figures noires. 25 fr.

— Figures coloriées. 60 fr.

MOREAU. *Manuel des sages femmes,* contenant la saignée, l'application des ventouses, la vaccination, la description et l'usage des instruments relatifs aux accouchements avec des notes sur plusieurs parties des accouchements (pour servir de complément aux principes d'accouchements de Baudelocque). 1839, 1 vol. in-12, avec figures. 2 fr.

MOREAU-CHRISTOPHE. *De la mortalité et de la folie* dans le régime pénitentiaire. 1839, br. in-8. 2 fr.

MOREL-LAVALLÉE. *De la luxation de l'épaule en haut,* in-8. 1858. 1 fr. 50

MOUCHON (Émile). *Dictionnaire de bromatologie végétale exotique.* 1847-1848, 1 vol. in-8. 6 fr.

MOULINIÉ. *Maladies des organes génitaux et urinaires,* exposées d'après la clinique chirurgicale de l'hôpital de Bordeaux. 1839, 2 vol. in-8. 12 fr.

MOULINIÉ. *Considérations cliniques sur les engorgements,* 1840, in-8, br. 2 fr.

MOULINIÉ. *Du bonheur en chirurgie,* recueil de faits cliniques, 1 volume in-8. 1842. 3 fr. 50

MUNARET. *Du médecin des villes et du médecin de campagne,* mœurs et sciences. 2e édition. 1840, 1 vol. gr. in-18. 3 fr. 50

MUNARET. *Iconautographie de Jenner,* 1 vol. in-8. 1860. 2 fr. 50

MURPHY (W.). *De la fièvre puerpérale,* traduit de l'anglais, par M. le docteur Gentil. 1858, in-8. 60 c.

MUSSET. *Traité des maladies nerveuses* ou névroses et en particulier de la paralysie et de ses variétés, de l'hémiplégie, etc. 1840, 1 vol in-8. 6 fr.

NAEGELÉ. *Manuel d'accouchements à l'usage des élèves sages-femmes,* nouvelle traduction de l'allemand sur la dernière édition, par M. le docteur Schlesinger-Rahier, augmentée et annotée par M. le docteur Jacquemier, ancien interne de la maison d'accouchements de Paris, suivi d'un appendice contenant la saignée, les ventouses, la vaccine et les préparations pharmaceutiques les plus usuelles et les plus simples, et terminé par un *Questionnaire* complet. (Ouvrage placé, par décision ministérielle, au rang des livres classiques des élèves sages-femmes de la Maternité de Paris). 1 volume gr. in-18 avec 87 fig. Nouvelle édition, augmentée. 1857. 6 fr.

NÉLATON. *Éléments de pathologie chirurgicale,* 1854-1859, 5 volumes in-8. 37 fr.

— Les tomes IIIe et IVe se vendent séparément. 12 fr.

— Le tome Ve et dernier se vend séparément. 9 fr.

Cet ouvrage, comme son titre l'indique, a pour but de donner aux élèves un guide pour leurs études, et aux médecins un livre qui puisse leur servir à rappeler leurs souvenirs. C'est un résumé de toutes les connaissances qui ont paru indispensables pour pratiquer la chirurgie ; sans négliger les théories, l'auteur s'est surtout occupé des faits.

L'auteur s'est partagé avec M. Requin, le champ de la pathologie, laissant à ce dernier la partie médicale, mais agissant tous deux selon un plan unique et une dépendance mutuelle.

NÉLATON. *De l'influence de la position dans les maladies chirurgicales.* (Concours de clinique chirurg.), 1851, in-8, br.   2 fr. 50

NICOD. *Traité des rétentions d'urines.* 2ᵉ édition. 1832, 1 vol. in-8.   3 fr.

NICOD. *Traité sur les polypes et autres carnosités du canal de l'urèthre et de la vessie,* avec les meilleurs moyens de les détruire sans danger, 1 vol. in-8. 1835.   4 fr.

NOTICE MÉDICALE SUR LES EAUX MINÉRALES DE POUGUES, in-8, 1856.
                                                                              1 fr. 25

NOUVELLE PHARMACOPÉE DE LONDRES, ou Codex officiel d'Angleterre. Nouvelle traduction, par MM. Figuier et Nance. 1841, 1 vol. in-32.   2 fr.

OLLIVIER (d'Angers). *Traité des maladies de la moelle épinière,* contenant l'histoire anatomique, physiologique de ce centre nerveux chez l'homme. 3ᵉ édition. 1837, 2 vol. in-8 avec 27 fig.   7 fr.

OLLIVIER (Clément). *Histoire physique et morale de la femme.* 1857, 1 vol. in-8.   5 fr.

OLLIVIER. *Supériorité des émissions sanguines directes dans le traitement des affections utérines,* in-8. 1847.   1 fr. 50

OTTERBURG. *Lettres sur les ulcérations de la matrice (métroelkoses), et leur traitement.* 1839, in-8.   2 fr.

OTTERBURG. *Aperçu historique sur la médecine contemporaine de l'Allemagne,* in-4. 1852.   3 fr. 50

OURGAUD. *Précis sur les eaux thermo-minérales à base de chaux,* de soude et de magnésie d'Ussat-les-Bains (Ariège), et rapport sur la saison thermale de 1859, avec plans et notes historiques, 1 vol. in-8. 1859.   2 fr.

PALLAS. (Em.). *De l'influence de l'électricité atmosphérique et terrestre sur l'organisme,* et de l'effet de l'isolement électrique, considéré comme moyen curatif et préservatif d'un grand nombre de maladies, 1 vol. in-8. 1847. 3 fr. 50

PARCHAPPE. *Recherches sur l'encéphale,* sa structure, ses fonctions et ses maladies. *Premier mémoire,* volume de la tête et de l'encéphale chez l'homme. *Deuxième mémoire,* altérations de l'encéphale dans l'aliénation mentale. 1836-38, 2 vol. in-8.   7 fr.

PASTA (de Bergame). *Traité des pertes de sang chez les femmes enceintes,* traduit par J.-L. ALIBERT. An VIII, 2 vol. in-8, br.   5 fr.

PATISSIER. *Rapport sur l'emploi des eaux minérales de Vichy,* dans le traitement de la goutte, suivi d'une réponse à quelques allégations contre la dissolution des calculs urinaires, par Charles Petit. 1840, 1 vol. in-8.   2 fr.

PATRIX. *Traité sur le Cancer de la matrice* et sur les maladies des voies utérines. 1820, 1 vol. in-8, avec 3 pl.   4 fr.

PAULY. *Maladies de l'utérus,* d'après les leçons cliniques de M. Lisfranc faites à l'hôpital de la Pitié. 1836, 1 vol. in-8.   6 fr.

PAYAN (d'Aix). *Mémoire sur l'ergot de seigle,* son action thérapeutique et son emploi médical. 1841, in-8, br.   2 fr.

PAYEN et CHEVALLIER. *Traité de la pomme de terre,* sa culture, ses divers emplois, etc. 1826, 1 vol. in-8.   3 fr.

PAYEN et CHEVALLIER. *Traité élémentaire des réactifs,* leurs préparations, leurs emplois spéciaux et leurs applications à l'analyse ; 3ᵉ édit., augmentée d'un supplément contenant les nouvelles recherches faites : 1° sur l'arsenic, à l'aide de l'appareil de Marsh ; 2° sur l'antimoine ; 3° sur le plomb ; 4° sur le cuivre ; 5° sur le sang ; 6° sur le sperme. 1841, 3 vol. in-8, fig.   9 fr.

PELLETAN. *Clinique chirurgicale* ou mémoires et observations de chirurgie clinique et sur d'autres objets relatifs à l'art de guérir. 1810, 3 vol. in-8, fig. 12 fr.

PELLETAN. *Traité élémentaire de physique générale et médicale,* par P. Pelletan, professeur de physique à la Faculté de médecine de Paris, 3ᵉ édition. 1838, 2 vol. in-8, avec fig.   14 fr.

PERCY. *Manuel du chirurgien d'armée,* ou Instruction de chirurgie militaire sur le traitement des plaies d'armes à feu, avec la méthode d'extraire de ces plaies les corps étrangers. 1830, in-12, fig.   2 fr. 50

PERRIER. *De l'infection palustre en Algérie.* 1844, in-8.   1 fr. 50

PERRIER. *De l'acclimatement en Algérie,* in-8. 1845.   2 fr.

PERSON. *Éléments de physique,* par le docteur Person, agrégé de la Faculté de médecine de Paris, agrégé de l'Université, professeur de physique à la Faculté des sciences de Besançon, etc. 1836-1841, 2 vol. in-8 de 1210 pages avec atlas in-4 de 675 fig.   12 fr.

PERSOON. *Synopsis plantarum, seu enchiridium botanicum, complectens enumerationem systematicam specierum hucusque cognitarum.* 1805. 2 vol. in-18, rel.   16 fr.

PETIT. *Traité des maladies des os,* dans lequel on a représenté les appareils et les machines qui conviennent à leur guérison. Nouvelle édition revue et augmentée par Louis. 1785, 2 vol. in-12.   3 fr.

PETIT (Jean-Louis). *Œuvres complètes.* 1837, 1 vol. in-8.   6 fr

PETIT (M. A.). *Collection d'observations cliniques* (ouvrage posthume). 1815. 1 vol. in-8.   3 fr.

PETIT. *Recherches statistiques sur l'étiologie du suicide.* 1850, in-4. 2 fr.

PETIT (de l'île de Ré). *La syphilis connaît-elle pour cause un principe spécifique,* ou n'est-elle que le résultat de l'irritation ? 1830, in-8, br.   1 fr. 50

PETIT (de Maurienne). *Mémoire sur le traitement de l'aliénation mentale.* 1843, in-8 de 114 pages, br.   2 fr.

PÉTREQUIN. *Mélanges de chirurgie,* ou Histoire médico-chirurgicale de l'Hôtel-Dieu de Lyon, depuis sa fondation jusqu'à nos jours, avec l'histoire spéciale de la syphilis dans cet hospice. 1845, 1 vol. in-8.   4 fr. 50

PÉTREQUIN. *Clinique chirurgicale de Lyon* (compte rendu). 1850, in 8. 2 fr. 25

PÉTREQUIN. *Action des eaux minérales d'Aix en Savoie dans les maladies des yeux.* 1852, in-8.   1 fr. 50

PÉTREQUIN. *De la taille et de la lithotritie;* recherches sur l'étiologie et le traitement des principaux accidents. 1852, in-8.   2 fr.

PEYRAUD. *Histoire raisonnée des progrès que la médecine pratique doit à l'auscultation.* Ouvrage couronné par la Société de médecine de Bordeaux. 1840 1 vol. in-8.   2 fr. 50

PHILLIPS. *Amputation dans la contiguité des membres.* 1838, 1 vol. in-8, avec 14 planches.   7 fr.

PHILLIPS. *La chirurgie de M. Dieffenbach.* 1ʳᵉ partie avec 4 planches. 1840, 1 vol. in-8.   3 fr.

PHILLIPS. *De la ténotomie sous-cutanée,* ou des opérations qui se pratiquent pour la guérison des pieds bots, du torticolis, de la contracture de la main et des doigts, des fausses ankyloses angulaires du genou, du strabisme, de la myopie, du bégayement, etc. 1 vol. in-8 avec 12 pl. 1841.   3 fr.

PHILLIPS. *Du bégayement et du strabisme,* nouvelles recherches. 1841, in-8, br.   1 fr. 25

PHILLIPS. *De la goutte militaire et de son traitement.* 1850, in-8.   1 fr.

PHILLIPS. *Des accidents produits par l'introduction des instruments chirurgicaux dans les voies urinaires, et de leur traitement.* 1858, in-8.   1 fr.

PHILLIPS. *Considérations pratiques* sur le rétrécissement de l'urèthre dit infranchissable et sur son traitement. 1853, in-8.   1 fr. 50

PHILLIPS. *Traité des maladies des voies urinaires.* 1860, 1 fort vol. in-8 avec 97 fig. intercalées dans le texte.   10 fr.

Cet ouvrage est divisé en trois parties :
La *première partie* contient les maladies de l'urèthre, avec une étude toute particulière des rétrécissements de l'urèthre dits *infranchissables*.
La *deuxième partie* comprend les maladies de la prostate et de la vessie
La *troisième partie* renferme l'affection calculeuse, la lithotritie et les corps étrangers.

PHILIPS (J.-P.). *Cours théorique et pratique de braidisme,* ou hypnotisme nerveux, considéré dans ses rapports avec la psychologie, la physiologie et la pathologie, et dans ses applications à la médecine, à la chirurgie, à la physiologie expérimentale, à la médecine légale et à l'éducation. 1 vol. in-8. 1860.   3 fr. 50

PICHARD. *Histoire abrégée de quelques affections qui peuvent occasionner la mort subite;* indication des premiers secours à donner aux personnes qui en sont atteintes. 1843, in-8, br.   2 fr.

PICHARD. *Maladies des femmes.* Des ulcérations et des ulcères du col de la matrice et de leur traitement. 1848, 1 vol. gr. in-8 de 500 pages, avec 27 fig.   8 fr.

PIETRA-SANTA. *Enseignement médical en Toscane et en France.* 1853, in-8.   1 fr. 50

PIETRA-SANTA. *Influence des pays chauds sur la marche de la tuberculisation.* 1857, in-8, br.   1 fr. 50

PIETRA-SANTA. *Mazas. Études sur l'emprisonnement cellulaire.* 1853, in-8, br.   1. fr 25

PIGNÉ. *Annales de l'anatomie et de la physiologie pathologiques.* 1846. 1 vol. gr. in-8 de 290 pages, avec 55 figures représentant des pièces d'anatomie pathologique du musée Dupuytren.   7 fr.

PINEL. *Traité médico-philosophique sur l'aliénation mentale,* 2ᵉ édition, entièrement refondue et très augmentée. 1 vol. in-8, 1809.   7 fr.

PINEL (Scipion). *Traité de pathologie cérébrale* ou des maladies du cerveau. 1844, 1 vol. in 8.   5 fr.

PINETTE (Joseph). *Auguste* ou l'éducation physique de l'enfance et de la jeunesse dans ses rapports avec son éducation morale et intellectuelle, 1ʳᵉ partie. *Manuel des mères.* 1855, 1 vol, in-12.   2 fr.

PIORRY. *Irritation encéphalique des enfants.* 1823, in 8, br.   1 fr. 50

PIORRY. *Clinique médicale des hôpitaux de la Pitié et de la Salpétrière,* contenant le compte rendu de la clinique de la Faculté de médecine de Paris. 1835, 1 vol. in-8.   6 fr.

PIORRY. *Du procédé opératoire à suivre dans l'exploration des organes* par la percussion médiate, accompagné de mémoires sur la circulation, les pertes de sang, le sérum du sang, la respiration, l'asphyxie, la strangulation, la submersion, la langue considérée sous le rapport du diagnostic, l'abstinence, la migraine, etc. 1835, 1 fort vol. in-8.   6 fr.

POINTE. *Histoire topographique et médicale du grand Hôtel-Dieu de Lyon,* dans laquelle sont traitées la plupart des questions qui se rattachent à l'organisation des hôpitaux en général. 1842. 1 vol. gr. in 8.   7 fr. 50

POINTE. *Hygiène des collèges* (autorisée par le conseil de l'Université). 1846, 1 vol. in-18.   4 fr. 50

POINTE. *Loisirs médicaux et littéraires;* recueils d'éloges historiques, de relations médicales de voyages, d'annotations diverses, etc., documents pour servir à l'histoire de Lyon. 1 vol. in-8, 1844.   4 fr. 50

PORTAL. *Observations sur la nature et le traitement de l'hydropisie.* 1824, 2 vol. in-8.   6 fr.

PORTAL. *Observations sur la nature et le traitement de l'épilepsie.* 1827. 1 vol. in-8.   5 fr.

POUGENS. *Dictionnaire de médecine et de chirurgie pratiques,* mis à la portée des gens du monde, ou moyens les plus simples et les mieux éprouvés de traiter toutes les infirmités humaines, et contenant les conseils pour conserver la santé. 2ᵉ édit. 1820, 4 vol. in-8.   12 fr.

PRAVAZ. *Mémoire sur la réalité de l'art orthopédique.* 1845, br. in-8. 3 fr.

PROUT (William). *Traité de la gravelle,* du calcul vésical et des autres maladies qui se rattachent à un dérangement des fonctions des organes urinaires. 1 vol. in-8, 1822.   2 fr. 50

PRUS (Réné). *Recherches nouvelles sur la nature et le traitement du cancer de l'estomac.* 1828, 1 vol. in-8.   3 fr.

PUJOL. *Œuvres de médecine pratique,* avec une notice sur sa vie et ses travaux, par F.-G. Boisseau. 1823, 4 vol. in-8.   20 fr.

QUETELET. *Propositions de physique* ou résumé d'un cours de physique générale. 1834, 3 vol. in-8.   4 fr.

QUEVENNE. *Action physiologique et thérapeutique des ferrugineux.* 1854. 1 vol. in-8.   4 fr.

QUEVENNE et HOMOLLE. *Mémoire sur la digitaline et la digitale.* 1854, 1 vol. in-8.   4 fr.

QUEVENNE et BOUCHARDAT. *Du lait.* 1ᵉʳ fascicule : Instruction sur l'essai et l'analyse du lait (chimie légale); 2ᵉ fascicule : Du lait en général; des laits de femme, d'ânesse, de chèvre, de brebis, de vache en particulier. 1856, in-8.   6 fr.
—- On vend séparément l'instruction pour l'essai et l'analyse du lait. 1856, in-8. 1 fr. 25

RAINARD. *Traité de pathologie et de thérapeutique générale vétérinaire.* 1840, 2 vol. in-8.   8 fr.

RAINARD. *Traité complet de la parturition des principales femelles domestiques,* suivi d'un traité des maladies propres aux femelles et aux jeunes animaux. 1845, 2 vol. in-8.   14 fr.

RAYMOND. *Traité des maladies qu'il est dangereux de guérir.* 1816, 1 vol. in-8.   5 fr.

RÉCAMIER. *Recherches sur le traitement du cancer* par la compression méthodique simple et combinée, et sur l'histoire générale de la même maladie; suivies de notes : 1° sur les forces et la dynamétrie vitales; 2° sur l'inflammation et l'état fébrile. 1829, 2 vol. in-8, avec 20 fig.   5 fr.

RENARD. *Des eaux thermo-minérales chlorurées sodiques de Bourbonne-les-Bains* (Haute-Marne). 1 vol. in-12, 1860.   2 fr.

RENAULT DU MOTEY. *Mémoire sur les fractures des os du métacarpe.* 1834, in-4.   2 fr.

REQUIN. *Éléments de pathologie médicale.* 1843-1861, 4 forts vol. in-8.

Les tomes Ier à III sont parus. Prix de ces 3 vol.   22 fr.

Le tome III se vend séparément.   6 fr.

Le tome IV et dernier est sous presse.

Ces *éléments* forment la partie *médicale* de l'ouvrage de pathologie entrepr s par MM. Requin et Nélaton.

L'auteur aborde d'abord la pathologie générale, puis la pathologie spéciale qu'il divise en nosographie organique et nosographie étiologique.

Dans la nosographie organique, il étudie : 1° vices de proportion du sang; 2° hypérémies; 3° hemorrhagies; 4° inflammations; 5° hypertrophies; 6° atrophies; 7° gangrènes; 8° tuberculisations; 9° cancers ; 10° hydropisies; 11° flux; 12° pneumatoses; 13° vices organiques divers.

Dans la nosographie étiologique, il étudie 1° : empoisonnements proprement dits; 2° maladies calculeuses; 3° maladies cutanées par presence d'êtres parasites; 4° maladies vermineuses; 5° anéantissements de la vie par causes negatives; 6° mal par inoculation d'un venin ; 7° mal d'intoxication paludéenne; 8° maladies virulentes; 9° maladies puerperales; 10° endemies singulières; 11° épidemies memorables.

En tête de chaque chapitre, se trouve une bibliographie médicale, contenant le nom et une courte analyse des opinions des auteurs qui ont ecrit sur le même sujet. Viennent ensuite la synonymie, l'historique, la symptomatologie, les caracteres anatomiques, l'etiologie, le diagnostic et la therapeutique de chaque maladie.

REQUIN. *Généralités de la physiologie;* plan et méthode à suivre dans l'enseignement de cette science. 1831, in-4.   1 fr. 25

REQUIN. *Des prodromes dans les maladies.* 1840, in-8.   1 fr. 50

REQUIN. *Des purgatifs* et de leurs principales applications (Thèse pour le concours de matière médicale). 1839, in-8, br.   2 fr.

REQUIN. *De la spécificité dans les maladies* (thèse pour la chaire de pathologie médicale). 1831, in-8.   2 fr.

RÉVEILLÉ-PARISE. *Une saison aux eaux minérales d'Enghien;* considérations hygiéniques et médicales sur cet établissement. 1843, 1 vol. in-12.   3 fr.

RIBES (de Montpellier). *De l'anatomie pathologique* considérée dans ses rapports avec la science des maladies. 1834. 2 vol. in-8.   12 fr.

RICHARD (de Nancy). *Traité sur l'éducation physique des enfants,* à l'usage des mères de famille et des personnes dévouées à l'éducation de la jeunesse. 1 vol. in-12, 1843.   3 fr.

RICHERAND. *Des erreurs populaires relatives à la médecine.* 2e édition. 1812. 1 vol. in-8.   3 fr.

RICQUE. *Études sur l'île de la Guadeloupe.* 1857, in-8.   1 fr. 25

RIGAUD. *De l'anaplastie des lèvres,* des joues et des paupières. 1 vol. in-8, 1841.   3 fr. 50

RIVALLIÉ. *Traitement du cancer* et des affections scrofuleuses par l'acide nitrique solidifié; emploi de l'alun dans le pansement des plaies. 1850, 1 vol. in-8, avec 3 fig.   4 fr. 50

RIVIÈRE. *Éléments de géologie pure et appliquée,* ou résumé d'un cours de géologie industrielle et comparative. 1859, 1 vol. in-8, 230 fig.   7 fr.

ROBERT. *Conférences de clinique chirurgicale* faites à l'Hôtel-Dieu de Paris pendant l'année 1858-1859, par M. A. C. Robert, chirurgien de l'Hôtel-Dieu, membre de l'Académie de médecine, etc., recueillies et publiées sous sa direction par le docteur A. Donnié. 1 vol. in-8 de 550 pages avec 4 planches.   7 fr.

L'auteur traite d'une manière très etendue la question importante de l'anesthésie. Il insiste sur les grands avantages qu'elle presente du rôle de l'opéro et du côté de l'operateur. Puis il etudie à part d'abord l'anesthesie locale : *congelation, narcotiques, électricité,* puis l'anesthésie générale : 1° l'éther, 2° l'amylène, 3° le chloroforme. M. Robert s'etend longuement sur l'anesthésie par le chloroforme, il en montre les dangers trop frequents et indique les meilleurs moyens d'y remedier, et conclut ainsi « Vous avez entre les mains un moyen à la fois merveilleux et terrible, ne l'employés jamais légèrement, refusez-le toutes les fois que le malade ne vous paraît pas très apte à le recevoir. C'est en agissant avec ces précautions que vous sauvegarderez la vie des malades et votre propre responsabilité. »

Puis l'auteur passe en revue diverses questions chirurgicales qui ont été l'objet de recherches approfondies de sa part, par exemple : les *fractures du péroné*, les *maladies de l'anus*, les *abcès par congestion*, les *tumeurs fibreuses des fosses nasales et du pharynx*, les *kystes*, les *fistules vésico-vaginales*, la *commotion cérébrale*, les *tumeurs blanches*, etc.

ROBERT (A.). *Des anévrysmes de la région sus-claviculaire.* 1842, in-8. 1 pl.   3 fr.

ROBERT (A.). *Mémoire sur la nature de l'écoulement aqueux* très abondant qui accompagne certaines fractures de la base du crâne. 1846, in-8.   1 fr. 50

ROBERT (A.). *Des affections granuleuses,* ulcéreuses et carcinomateuses du col de l'utérus. 1848, 1 vol. in-8, avec 6 fig. coloriées.   3 fr. 50

ROBERT (A.). *Des amputations partielles et de la désarticulation du pied* (concours de médecine opératoire). 1850, in-8, 209 pages.   3 fr. 50

ROBERT (A.). *Des vices congénitaux de conformation des articulations* (concours de clinique chirurgicale). 1 vol. in-8 avec 2 fig., 1851.   3 fr. 50

ROBERT (A.). *Considérations pratiques sur les varices artérielles du cuir chevelu.* 1851, in-8.   1 fr. 50

ROBERT. *Notice sur les eaux gazeuses alcalines et ferrugineuses d'An-togast.* 1856, in-18.   » 60

ROBERT. *Notice sur Wolfach.* Sa source ferrugineuse, ses bains, etc. 1858, in-18.   » 60

ROBIN (Ch.) ET BÉRAUD. *Éléments de physiologie de l'homme et des principaux vertébrés.* 1856-57, 2 vol. g. in-18.   12 fr.

ROBIN (Ch.). *Observations sur l'ostéogénie,* 1851, in-8.   1 fr. 25

ROBIN (Ch.). *Anatomie pathologique des cataractes en général,* in-8. 1856.   1 fr. 50

ROBIN (Édouard). *Rôle de l'oxygène dans la respiration* et la vie des végétaux et dans la statique des engrais, in-8. 1851.   1 fr. 25

ROBIN (Édouard). *Mode d'action des anesthésiques par inspirations,* in 8. 1852.   1 fr. 25

ROBIN (Édouard). *Loi nouvelle régissant les différentes propriétés chimiques,* et permettant de prévoir sans l'intervention des affinités, l'action des corps simples sur les composés binaires, spécialement par voie sèche, etc., in-8. 1853.   1 fr. 25

ROBIN (Édouard). *L'albuminurie dans ses rapports avec l'hématose.* L'éclampsie des femmes enceintes, in-8. 1854.   1 fr. 25

ROBIN (Édouard). *Causes générales de la vieillesse,* de la mort sénile, et du développement de la taille dans les animaux, etc. in-8. 1854.   1 fr. 25

RODRIGUES (Hubert). *Clinique médicale de Montpellier.* (Constitutions médicales et épidémiques. Climat de Montpellier.) 1855, 1 vol. in-8.   3 fr. 50

ROGERS (William). *Dictionnaire des sciences dentaires* ou Répertoire général de toutes les connaissances nécessaires au dentiste, 2ᵉ édition, 1 vol. in-8, 1847.   10 fr.

ROGNETTA. *Traité philosophique et clinique d'ophthalmologie* basé sur les principes de la thérapeutique dynamique, 1 vol. in-8. 1844.   5 fr.

ROLANDO. *Inductions physiologiques et pathologiques* sur les différentes espèces d'excitabilité et d'excitement sur l'irritation, et sur les puissances excitantes, débilitantes et irritantes, traduites par MM. Jourdan et Boisseau. 1822, 1 vol. in-8.   3 fr

ROSENBAUM. *Histoire de la syphilis dans l'antiquité*, avec des recherches pour servir aux médecins, aux philologues et aux antiquaires, traduite de l'allemand, par M. Santlus. 1847, 1 vol. in-8.   6 fr.

ROUSSEL (Théophile). *De la pellagre*, de son origine, de ses progrès, de son existence en France, de ses causes et de son traitement. 1845, 1 volume in-8.   6 fr.

ROUSSET. *Compte rendu des faits observés à la clinique d'accouchement de Bordeaux.* 1855, in-8.   2 fr.

ROUX. *Coup d'œil physiologique sur les sécrétions.* 1803, in-8.   1 fr. 25

ROUX. *Résection et retranchement de portions d'os malades soit dans les articulations soit hors des articulations.* (Thèse de concours pour la chaire de médecine opératoire.) 1812, in-4, br.   2 fr. 50

ROUX. *Mémoire et observations sur la réunion de la plaie après l'amputation des membres.* 1814, in-8, br.   2 fr. 50

ROUX. *Mémoire sur la staphyloraphie*, ou suture du voile du palais. 1825, in-8 avec fig.   2 fr. 50

ROUX. *Discussions sur les tumeurs fibreuses du sein.* 1844, in-8.   1 fr.

ROUX. *Faits et remarques sur les tumeurs fongueuses*, sanguines ou anévrysmales des os. 1845, in-8.   1 fr.

ROUX. *Résumé statistique de la clinique chirurgicale de l'Hôtel-Dieu.* 1845, in-8, br.   3 fr.

ROUX. *Rapport sur des observations relatives à l'opération de la taille.* 1846, in-8, br.   1 fr.

ROUX. *Mémoire sur les exostoses et sur les opérations qui leur conviennent.* 1847, in-8.   1 fr.

ROUX. *Communication à l'Académie des sciences sur les effets de l'éther et du chloroforme.* 1847, in-4.   1 fr.

ROUX. *Faits et remarques pour servir à l'histoire de l'anévrysme artérioso-veineux.* 1850, in-8.   1 fr.

ROUX. *Quarante années de pratique chirurgicale*, 2 vol. in-8. 1834-1835.   6 fr.

ROUX (de Cette). *De l'homœopathie et de son efficacité curative*, 1 vol. in-8. 1848.   1 fr. 50

RUFZ. *Quelques recherches sur les symptômes et sur les lésions anatomiques de l'hydrocéphale aiguë*, la fièvre puerpérale, la méningite et la méningo-céphalite chez les enfants, in-4, 1835.   1 fr. 50

RUFZ. *Enquête sur le serpent de la Martinique* (vipère fer-de-lance, Bothrops lancéolé). 1859, 2e édit. 1 vol. in-8, fig.   5 fr.

RULLIER. *Essai physiologique et médical sur l'absorption.* 1818, 1 vol. in-8.   2 fr. 50

RULLIER. *Essai sur le goître.* 1817, in-8, br.   1 fr. 25

RULLIER. *Essai sur l'empyème et sur l'opération propre aux différents épanchements de poitrine.* 1817, in-8.   1 fr. 50

SALLENAVE. *Traité des espèces méconnues et curables des maladies chroniques.* 1 vol. in-8. 1847.   3 fr. 50

SANCHÈS. *Observations sur les maladies vénériennes*, publiées par M. Andry. 1785, 1 vol. in-12.   1 fr. 50

SANDRAS (f.n) et **BOURGUIGNON.** *Traité pratique des maladies nerveuses.* 1860-1861, 2ᵉ édition, entièrement refondue, 2 vol. in-8.   12 fr.

La seconde édition de ce traité est divisée en cinq livres :

Le *premier livre* comprend les maladies nerveuses générales, l'état nerveux, la fièvre nerveuse des maladies intermittentes périodiques, puis les maladies épidemiques.

Le *second livre* contient les maladies produites par une augmentation de l'excitation nerveuse, lesquelles se divisent en deux classes : 1° maladies spasmodiques ou convulsives; 2° névralgies.

Le *troisième livre* traite des maladies résultant d'une insuffisance de l'excitation nerveuse (paralysies).

Le *quatrième livre* est consacré aux maladies affectant les sens spéciaux.

Le *cinquième livre* comprend diverses maladies affectant les fonctions cérébrales, telles que le délire, le vertige, l'hypochondrie.

SANSON. *Traité de la cataracte,* publié d'après ses leçons par ses élèves, MM. les docteurs Bardinet et Pigné. 1842, in 8, br.   1 fr. 50

SAPPEY. *Recherches sur l'appareil respiratoire des oiseaux.* 1847, 1 vol. gr. in-4, avec 12 fig.   9 fr.

SAUCEROTTE. *Tableau synoptique des races humaines,* montrant leur origine, leur distribution géographique, leurs caractères distinctifs, les peuples dérivés, feuille gr. in folio avec lig. col.   3 fr. 50

SAUCEROTTE. *Nouveaux conseils aux femmes sur l'âge prétendu critique,* ou conduite à tenir lors de la cessation des règles. 1829, in-8.   2 fr.

SCARPA. *Traité des maladies des yeux,* traduit de l'italien, par MM. Bousquet et Bellanger. Paris. 1821, 2 vol. in-8, avec lig.   5 fr.

SCARPA. *Traité de l'opération de la taille,* traduit de l'italien par C.-P. Ollivier (d'Angers) avec des additions et un mémoire sur la taille bilatérale. 1826, 1 vol. in 8.   3 fr.

SCARPA et **LÉVEILLÉ.** *Mémoires de physiologie et de chirurgie pratique.* 1804, 1 vol. in 8.   3 fr.

SCHANGE. *Précis sur le redressement des dents.* 1841, 1 vol. in-8.   2 fr.

SCHWEIGHÆUSER. *Pratique des accouchements en rapport avec l'expérience.* 1833. in 8.   5 fr.

SEMANAS. *Mémoire sur les fonctions du foie pendant la digestion, et sur les usages de la bile pour l'albumine digestive.* 1851, in-8.   1 fr. 25

SERINGE. *Éléments de botanique spécialement destinés aux établissements d'éducation,* 1 vol. in 8, avec 28 planches gravées. 1811.   6 fr.

SERINGE. *Flore des jardins et des grandes cultures,* ou description des plantes de jardins, d'orangeries et de grandes cultures, leur multiplication, l'époque de leur floraison et de leur fructification, et leur emploi. 1845 à 1849, 3 vol. in-8, de 1899 pages, avec 31 pl. fig. noires et color.   12 fr.

SERINGE. *Flore du pharmacien,* du droguiste et de l'herboriste, ou description des plantes médicinales cultivées en France. 1852, 1 vol. in-12.   6 fr.

SERRE. *Traité pratique de la réunion immédiate et de son influence sur les progrès récents de la chirurgie.* 1837, 1 vol. in-8, avec 10 fig.   5 fr.

SERRE. *Traité sur l'art de restaurer les difformités de la face selon la methode par déplacement,* ou méthode française. 1842, 1 vol. in-8, et atlas in 4.   12 fr.

SERRE (d'Alais). *Recherches sur l'origine et les progrès futurs de la clinique et sur la méthode à suivre dans l'enseignement de la partie chirurgicale de cette science.* 1833, br. in-8.   1 fr. 50

SERRE (d'Alais). *Mémoire sur l'inflammation de la peau,* du tissu cellulaire, des veines et des vaisseaux; un nouveau traitement spécial. 1837, in-8.   2 fr. 50

SERRIER. *Nature, complications et traitement des plaies d'armes à feu.* 1844, 1 vol. in-8.   4 fr. 50

SICHEL. *Leçons cliniques sur les lunettes* et les états pathologiques consécutifs à leur usage irrationnel. 1848, 1 vol. in 8 de 148 pages   3 fr. 50

SŒMMERING. *Traité des maladies de la vessie et de l'urèthre,* considérées particulièrement chez les vieillards, trad. de l'allemand, avec des notes, par M. Hollard. 1824, 1 vol. in 8.   3 fr. 50

SOLAYRÈS. *Dissertation sur l'accouchement terminé par les seules forces de la mère,* traduite du latin par le docteur Andrieux. 1842. in-8, br.   1 fr. 50

SPURZHEIM. *Observations sur la folie ou sur les dérangements des fonctions morales et intellectuelles de l'homme,* avec 2 pl. Paris, 1818, in-8.
6 fr.

SPURZHEIM. *Essai philosophique sur la nature morale et intellectuelle de l'homme.* 1820, 1 vol. in-8.   4 fr. 50

SPURZHEIM. *Observations sur la phrénologie* ou la connaissance de l'homme moral et intellectuel, fondée sur les fonctions du système nerveux. 1818, 1 vol. in-8.   6 fr.

SPURZHEIM. *Essai sur les principes élémentaires de l'éducation.* Paris, 1822, 1 vol. in-8.   3 fr. 50

STANSKI. *Recherches sur les corps étrangers de la région sublinguale,* 1846, in 8.   1 fr. 25

STOLL. *Médecine pratique, avec les aphorismes de Stoll et de Boerhaave,* trad. par Mahon, avec des notes par Pinel, Baudelocque, etc. Nouvelle édit. 1855. 1 vol. in-8.   3 fr. 50

SURUX. *Coup d'œil sur l'état actuel de la médecine,* in-8. 1826.   1 fr. 25

SZERLECKI. *Tractatus de fracturâ colli ossis femoris, cui annexa est observatio rarissima de ossium mollitie.* 1834, in-4, avec 3 pl.   2 fr.

SZERLECKI. *Dictionnaire de thérapeutique contenant les moyens curatifs employés dans toutes les maladies par les médecins praticiens les plus distingués.* 1837, 2 vol. in-8.   8 fr.

TANCHOU. *Recherches sur le traitement médical des tumeurs cancéreuses du sein,* ouvrage pratique basé sur 300 observations, avec des planches et une statistique sur la fréquence de ces maladies, 1 vol. in-8. 1844.   3 fr.

TANCHOU. *Enquête sur l'authenticité des phénomènes électriques d'Angélique Cottin,* in-8. 1846.   1 fr. 50

TARDIEU. *Supplément au dictionnaire des dictionnaires de médecine français et étrangers,* publié sous la direction de Fabre. 1851, 1 vol. in 8. 9 fr.

Ce supplément contient des articles de MM. Adet de Roseville, Barthez, Bayard, Becquerel et Rodier, Becquet, Behier, Bernard (Ch.), Bierre de Boismont, Bouchardat, Boudin, Carrière, Durand-Fardel, Fermond, Foy, Gavarret, Gillette, Gosselio, Hillairet, Jacquemier, Jamain, Latour (Amedée), Livois, Nelaton, Place, Phillips (t.h.), Requio, Robert, Robio et Vernouil, Sandras, Tardieu, Voillemier.
Pour de plus amples renseignements, voir la page 5 de ce catalogue.

TARDIEU. *Manuel de pathologie* et de clinique médicales. 1857, 1 vol. grand in-18, 2ᵉ édition, corrigée et augmentée.   7 fr.

Cet ouvrage n'est pas un livre d'érudition, c'est simplement un livre d'étude. L'auteur a visé aux mérites de l'exactitude et de la clarté, en espérant cependant que l'on pût trouver encore dans son livre une methode saine et vraiment médicale.
L'auteur a divisé les maladies en dix classes : 1ᵉ les fièvres, 2ᵉ les maladies pestilentielles, 3ᵉ les phlegmasies, 4ᵉ les hémorrhagies, 5ᵉ les flux, 6ᵉ les hydropisies, 7ᵉ les névroses, 8ᵉ les maladies constitutionnelles, 9ᵉ les maladies organiques, 10ᵉ les maladies accidentelles. On trouvera à la fin de chaque article une *indication bibliographique* renfermant les titres exacts des ouvrages tant anciens que modernes auxquels on ne peut se dispenser de recourir pour l'étude approfondie de chaque sujet particulier.

TAVEAU. *Nouvelle hygiène de la bouche*, 5ᵉ édition complètement refondue, et considérablement augmentée. 1843, 1 vol. in-8.   3 fr.

TAVERNIER. *Notice sur le traitement des difformités de la taille* au moyen de la ceinture à inclinaison sans lits à extension ni béquille, etc. 1844, gr. in-8. 2 fr.

TAVIGNOT. *Études cliniques* sur les maladies de la cornée. br. in-8.   1 fr. 25

TAVIGNOT. *Recherches sur les affections glaucomateuses*. 1856, br. in-8.   1 fr. 25

TÉALLIER. *Du tartre stibié et de son emploi dans les maladies*. 1832, 1 vol. in 8.   4 fr.

TERME ET **MONTFALCON.** *Nouvelles considérations sur les enfants trouvés* suivies des rapports sur l'histoire des enfants trouvés, par MM. BENOISTON DE CHATEAUNEUF et VILLEMAIN. Lyon, 1838, in-8, br.   1 fr. 50

THERY (de Langon). *Traité de l'asthme*. 1859. 1 vol. in 8.   5 fr.

THIAUDIÈRE. *Observations sur deux cas remarquables d'accouchements laborieux*. 1830, in-8.   1 fr. 25

THIAUDIÈRE. *L'art de se préserver de la contagion syphilitique à l'usage des deux sexes*. 1831, in 8.   1 fr.

THIAUDIÈRE. *De l'exercice de la médecine en province et à la campagne*, considéré dans ses rapports avec la pratique. 1839, in-8, br.   2 fr.

THORE. *Études sur les maladies incidentes des aliénés*. 1847. 1 vol. in-8.   4 fr.

TISSOT. *L'onanisme.* Dissertation sur les maladies produites par la masturbation; nouvelle édition, revue, corrigée, entièrement refondue, augmentée des travaux des médecins modernes, et suivie du poëme intitulé : OXAN, ou LE TOMBEAU DU MONT-CINDRE, par Marc-Antoine Petit (de Lyon). 1836, 1 vol. grand in-18 de 288 pages.   2 fr. 50

TREHAN. *Nouveau traitement des hémorrhagies utérines* qui suivent l'accouchement par la compression de l'aorte ventrale. 1829, in-8.   1 fr.

TRIFET. *Fistule vésico-vaginale*, survenue à la suite d'un accouchement laborieux. 1845, in-8.   » 60

TRIQUET. *Nouvelles recherches d'anatomie de pathologie sur la région parotidienne*. 1852, in-8.   1 fr.

TURCK. *Traité de la goutte* et des maladies goutteuses. 1837, 1 vol. in-8.   5 fr.

TURCK. *Mémoire sur la nature de la fièvre typhoïde et sur le traitement à lui opposer*. 1843, in-8.   1 fr.

UNDERWOOD. *Traité sur les ulcères des jambes*, traduit de l'anglais. 1844, in-12.   1 fr. 50

VACQUEZ. *Chirurgie conservatrice.* Mémoire sur l'amputation sous-astragalienne; extirpation du calcanéum. 1859, in-4, fig.   3 fr. 50

VANIER (du Havre). *Clinique des hôpitaux des enfants,* et Revue rétrospective médico-chirurgicale, thérapeutique et hygiénique des maladies de l'enfance. 1841-1843, 3 vol. in-8.   7 fr.

VAUCHER. *Histoire des conserves d'eau douce,* suivie de l'histoire des *Tremelles* et des *Ulves.* 1803, 1 vol. in-4, avec 92 figures.   6 fr.

VAUQUELIN. *De l'application de la suture enchevillée,* à l'opération de l'entropion spasmodique au moyen d'une nouvelle cheville. 1857, br. 1 vol. in-8.   1 fr. 50

VELPEAU. *Leçons orales de clinique chirurgicale* faites à l'hôpital de la Charité, par M. le professeur Velpeau, recueillies et publiées par MM. les docteurs Jean-selme et P. Pavillon, 1840-1841. 3 vol. in-8.   24 fr.

Ces leçons de clinique forment trois volumes.

Le *premier* volume contient les ophthalmies, les *luxations de l'épaule*, l'hydrocèle, la cataracte, les varices, le *varicocèle*, l'introduction de l'air dans les veines, le traitement de la gonorrhée, le *xerophthalmie*, les anus contre nature.

Le *second* volume comprend d'abord une leçon sur la manière d'utiliser son temps dans les hôpitaux, puis des articles sur les *tumeurs blanches*, les *corps étrangers dans les articulations* les *maladies du sein chez la femme*, les ankyloses, les *fistules vésico-vaginales*, la contusion, l'hématocèle, l'inversion incomplète de la matrice, des considérations pratiques sur le traitement des *fractures*.

Le troisième volume traite l'*infection purulente*, la crépitation douloureuse des tendons, les angines, la procidence de l'anus, le cancer des lèvres, l'adénite lymphatique, la description d'une *tumeur contenant un fœtus*, les abcès de la région iliaque, les erysipèles, les *fissures à l'anus*, la rétraction permanente des doigts, la *fistule à l'anus*, les abcès froids, les abcès de l'aisselle, les nevromes, et un résumé.

VELPEAU. *Mémoire sur les anus contre nature dépourvus d'éperon*, et sur une nouvelle manière de les traiter. 1836, in-8.   1 fr. 50

VELPEAU ET BÉRAUD. *Manuel d'anatomie topographique chirurgicale.* 1 vol. in-18, 1864. (Sous presse.)

VENOT. *Emploi thérapeutique de l'oléo-stéarate de mercure.* 1857, in-8.   1 fr.

VERNEUIL. *Précis d'embryologie* (voy. Jamain, Anatomie).

VERNEUIL. *Le système veineux* (anatomie et physiologie), *concours d'agrégation.* 1853, 1 vol. in-8.   3 fr. 50

VERNEUIL. *Mémoire sur quelques points de l'anatomie du pancréas.* 1851, in-8, br.   1 fr. 25

VIGAROUX. *Cours élémentaire des maladies des femmes*, ou Essai sur une nouvelle méthode pour étudier et classer ces maladies. 1801, 2 vol. in-8.   5 fr.

VIGNAL. *Essai sur la brûlure et son nouveau traitement* par l'usage du poil du typha. 1833, br. in-8.   1 fr.

VILETTE DE TERZÉ. *La vaccine*, ses conséquences funestes démontrées par les faits, l'observation, l'anatomie pathologique et l'arithmétique (réponse au questionnaire anglais relatif à la vaccine). 1857, in-8.   3 fr.

VILLENEUVE. *Mémoire historique sur l'emploi du seigle ergoté*, pour accélérer ou déterminer l'accouchement ou la délivrance dans le cas d'inertie de la matrice. 1827, 1 vol. in-8.   3 fr.

VINGTRINIER. *Des épidémies qui ont régné dans l'arrondissement de Rouen, de* 1814 à 1850, in-8.   1 fr. 25

VIRCHOW. *De l'inflammation*, ou de l'irritation et de l'irritabilité ; traduit de l'allemand, par M. Petard. 1859, in-8, br.   2 fr.

VIREY. *Traité complet de pharmacie théorique et pratique*, 4e édit. 1840, 2 vol. in-8.   6 fr.

VOISIN (Félix). *De l'homme animal.* 1839, 1 vol. in-8.   7 fr. 50

WILLEMIN. *Mémoire sur le bouton d'Alep.* 1854, in 8, avec 4 fig. col.   3 fr.

WILLEMIN. *De l'emploi des eaux de Vichy dans les affections chroniques de l'utérus.* 1857, 1 vol. in-8.   4 fr.

ZIMMERMANN. *De la solitude*, des causes qui en font naître le goût, de ses inconvénients, de ses avantages et de son influence sur les passions, l'imagination, l'esprit et le cœur ; traduit de l'allemand par M. Jourdan. Nouvelle édition. 1840, in-8.   3 fr. 50

6 fr. *par an pour toute la France.* — **8 fr.** *pour l'Étranger.*

RÉPERTOIRE DE PHARMACIE,

RECUEIL PRATIQUE

Publié par M. BOUCHARDAT,

Professeur d'hygiène à la Faculté de médecine de Paris, etc.

Dix-septième année COMMENCÉE LE 1ᵉʳ JUILLET 1860.

Conditions de la Souscription. — Le *Répertoire de Pharmacie* a commencé en juillet 1844. Il paraît du 10 au 15 de chaque mois, par livraison de 32 pages, formant à la fin de l'année un volume de 400 pages environ. Chaque année, après sa publication, se vend séparément **5 francs.**

Les lettres, paquets, manuscrits et renouvellements d'abonnement doivent être adressés *franco* au bureau du journal.

Toute demande d'abonnement non accompagnée du montant de l'abonnement sera regardée comme *nulle.*

On ne peut s'abonner qu'à partir du 1ᵉʳ juillet de chaque année, en envoyant, par lettre *affranchie*, un bon de 6 fr. sur la poste ou sur une maison de Paris, à l'ordre de M. Germer BAILLIÈRE, libraire, rue de l'École-de-Médecine, 17.

Collection du Répertoire de Pharmacie.

Les seize premiers volumes du *Répertoire de Pharmacie* sont en vente au bureau du journal. — MM. les nouveaux Souscripteurs qui adresseront *franco* un bon de 50 fr. sur la poste ou sur une maison de Paris, à l'ordre de M. Germer BAILLIÈRE, pour la collection du journal et l'abonnement à l'année courante, recevront, *sans frais* en France et en Algérie, les seize premiers volumes.

Le *Répertoire de pharmacie* entre dans sa dix-septième année, et son succès toujours croissant nous permet d'y apporter des améliorations importantes sans changer les conditions de la souscription.

A partir du mois de juillet 1860, qui commence l'année, l'impression est faite sur un nouveau papier et au moyen de caractères neufs. Chaque livraison, au lieu d'avoir 36 pages, en aura 48, ce qui permettra d'être aussi complet que possible sous le point de vue scientifique; car, dans notre pensée, rien n'est plus propre à élever le niveau de la profession que d'initier constamment les pharmaciens au mouvement des sciences dont ils sont appelés chaque jour à faire des applications.

Les questions si importantes qui touchent aux intérêts professionnels, à la pratique de la pharmacie, recevront tous les développements qu'elles comportent.